琼 瑶

作 品 大 全 集

聚散两依依

琼瑶 著

作家出版社

琼瑶，本名陈喆，作家、编剧、作词人、影视制作人。原籍湖南衡阳，1938年生于四川成都，1949年随父母由大陆赴台生活。16岁时以笔名心如发表小说《云影》，25岁时出版首部长篇小说《窗外》。多年来笔耕不辍，代表作包括《烟雨蒙蒙》《几度夕阳红》《彩云飞》《海鸥飞处》《心有千千结》《一帘幽梦》《在水一方》《我是一片云》《庭院深深》等。

多部作品先后改编成为电影及电视剧，琼瑶也因此步入影视产业。《六个梦》系列、《梅花三弄》系列、《还珠格格》系列等，影响至深，成为几代读者与观众共同的记忆。

琼瑶以流畅优美的文笔，编织了众多曲折动人的故事。其作品以对于梦的憧憬和爱的执着，与大众流行文化紧密结合，风靡半个多世纪，成为华文世界中极重要的文学经典。

我为爱而生，我为爱而写
文字裡度过多少春夏秋冬
文字裡留下多少青春浪漫
人世间雖然没有天长地久
故事裡火花燃烧爱也依舊

琼瑶

第一章

　　春天。春天可能是很多人的，但是，绝不是贺盼云的。

　　盼云走在街上，初春的阳光像一只温暖的手，在轻抚着她的头发和肩膀。雨季似乎过去了，马路是干燥的，阳光斜射在街边的橱窗上，反映着点点耀眼的光华。盼云把那件黑色有毛领的麂皮外套搭在手腕上，有些热了，外套就穿不住了。她的手背接触到麂皮外套的毛领，狐狸皮，软软长长的毛，软软的，软软的，一直软到人的内心深处去。在她那内心深处，似乎有个多触角的生物，被这柔软的皮毛一触，就紧缩成了一团，带给她一阵莫名的悸痛。这才蓦地想起，这件麂皮大衣，是前年到欧洲蜜月旅行时，文樵买给她的，在意大利的佛罗伦萨。蜜月、文樵、欧洲、佛罗伦萨的主教堂、教堂前的鸽子、石板小路、雕像、拂面的冷风，街头有人卖烤栗子，从不知道烤栗子那么好吃。握一大把热热的烤栗子，笑着，叫着，踩遍了那些古古雅雅的石板小路……这是多遥远多遥远以前的事了？像一个梦，一个沉浸在北极寒冰底层的梦。她皱紧眉头，不，不要想，不能想，她下意识地咬紧牙关，心头的悸痛已化作一团烟雾，把她从头到脚都笼罩得牢牢的。

心囚。她模糊地想起两个字，心囚。你是你内心的囚犯，你坐在你自己的监牢内，永远逃不出去了。你走，你散步，你活动在台北的阳光下，但是，你走不出你的牢房，那厚重封锁、那阴暗晦涩、那凄楚悲凉的监狱……你走不出了，永远永远。她站住了，眼眶中有一阵潮湿，头脑里有一阵晕眩，阳光变冷了，好冷好冷。抽口气，她深呼吸，深呼吸，这是楚鸿志的处方。你该相信你的医生，深呼吸。楚鸿志是傻瓜，深呼吸怎能解脱一个囚犯？她吐出一口长气，眼光无意识地转向人行道的右方，那儿是一排商店，有一家飞禽店，有个会说话的鹦鹉吸引了许多路人，那鹦鹉在叽里咕噜口齿不清地反复尖叫着：

"再见！再见！再见！"

再见？这就是那笨鸟唯一会说的话？再见？人类的口头语。再见，再见，笨鸟，难道你不知道，人生有"再见不能"的悲苦？不能再想了！她对自己生气地摇头，不能再想了！她逃避什么灾难似的快步走过那家飞禽店，然后，她的目光被一家家畜店吸引了。那儿，有一个铁笼子，铁笼内，有只雪白雪白的长毛小狗，正转动着乌黑的眼珠，流露出一股楚楚可怜的神情，对她凝望着。

她不由自主地走过去，停在铁笼前面，那长毛的小东西乞怜似的瞅着她，紧闭的小嘴巴里，露出一截粉红色的小舌尖，可爱得让人心痛。看到有人走近了，小家伙伸出一只小爪子，无奈地抓着铁笼，轻轻地耸着鼻子，身体发颤，尾巴拼命地摇着……她的眼眶又湿了。小东西，你也寂寞吗？小东西，你也在坐牢吗？小东西，你也感觉冷吗？……她抬起头来，找寻商店的主人。"喜欢吗？是纯种的玛尔济斯狗。"一个胖胖的女主人走了过来，对她微笑着，"本来有三只，早上就卖掉了两只，只剩这一只了。你喜欢，便宜一点卖给你。"

老板娘从铁笼中抓出那个小东西，用手托着，送到她面前去，职业化地吹嘘着："它父亲得过全省狗展冠军，母亲是亚军，有血统证明书。你要不要看？""嗨！好漂亮的玛尔济斯狗，多少钱？"一个男性的声音忽然在她身边响了起来，同时，有只大手伸出去，一把就接走了那个小东西。她惊愕地转过头去，立即看到一张年轻的、充满阳光与活力的脸庞，一个大男孩子，顶多只有二十四五岁。穿着件红色的套头毛衣，蓝色的牛仔布夹克，身材又高又挺，满头浓发，皮肤黝黑，一对眼珠黑亮而神采奕奕。他咧着嘴，微笑着，全神贯注地看着手中的小动物，似乎完全不知道有别人也对这动物感兴趣。

"你要吗？"老板娘立刻转移了对象，讨好地转向那年轻人，"算你八千块！"

"是公的母的？"年轻人问。

"母的。你买回去还可以配种生小狗！"

"算了，我又不做生意！"年轻人扬起眉毛，拿着小狗左瞧右瞧。他脖子上戴了一条皮带子做的项链，皮带子下面，坠着一件奇怪的饰物——一个石头雕刻的狮身人面像。他举着小狗，对小狗伸伸舌头，小东西也对他伸舌头，他乐了，笑起来。那狮身人面像在他宽阔的胸前晃来晃去。他把小狗放在柜台上。"五千块！"他说，望着老板娘。

"不行不行，算七千好了。"老板娘说。

"五千，多一块不买！"他把双手撑在柜台上，很有性格，很笃定。

"六千！"老板娘坚决地说。

"五千！"他再重复着，从口袋里掏出皮夹，开始数钞票，"你到底是卖还是不卖？不卖我就走了！我还有一大堆事要做呢！"

"好了好了，"老板娘好心痛似的，"卖给你了。要好好养呵，现在还小，只给它喝牛奶就可以了。你算捡到便宜了，别家这种狗呵，起码要一万……"

老板娘接过钞票，年轻人抱起小狗转身要走了，好像盼云根本不存在似的……盼云忽然生气了，有种被轻视和侮辱的感觉袭上心头，想也没想，她本能地一跨步，就拦住了那正大踏步迎向阳光而去的年轻人。

"慢一点！"她低沉地说，"是我先看中这只狗的！"

"呃？"那年轻人吓了一跳，瞪大眼睛，仿佛直到这时才发现盼云的存在。他大惑不解地挑起眉毛。"你看中的？"他粗声问，"那么，你为什么不买？"

"我还来不及买，就被你抢过去了！"

"这样吗？"年轻人望着她，打量着她，眼光中有种顽皮的戏谑。"你要？"他问，率直地。

"我要。"她点点头，有些任性，有些恼怒。

"好。"年轻人举起狗来，"八千块，卖给你。"他清晰而明确地说。

"什么？"她诧异地睁大了眼睛，以为自己听错了，"你说什么？"

"八千块！我把这只小狗卖给你！"他一个字一个字地说，故意说得又慢又清楚。

"八千？不是五千吗？"

"五千是我买的价钱，八千是我卖的价钱。"年轻人耸耸肩，狮身人面像在他胸前跳跃。她瞪着他，模糊地觉得，自己面对的不是一个人，而是一个"狮身人面"的家伙。"你没看到我在讨价还价吗？你不知道做生意的原则吗？老板娘的价码和我的不同，小狗已经到了我手上，由我开价，你要，就拿八千块来，少一毛钱也不卖！"

她看了他一会儿，他脸上有种近乎开玩笑的嘲弄，和一种有恃无恐的笃定。他算准了，这样就可以气走她。而且，这对他是件很好玩的"游戏"，他微笑着，那笑容颇为得意，那排白牙齿……他笑得像个狮子。

她低下头去，一声也不响地打开皮包，还好，出门的时候曾经在皮包里放了一叠一万元的整钞，银行的封条还没撕开。她静静地数了两千元抽出来，把剩余的八千元往他怀中一塞，顺手抱过那只小狗，看也不看他，转过身去，她往外面就走。耳边，那老板娘正直着喉咙喊：

"喂喂，小姐，你喜欢狗，我这儿还有吉娃娃、北京狗、博美犬，还有一只纯种的狮子狗……我卖得便宜，小姐，你看看再走哇……"她向前直冲而去，怀中紧抱着那温暖的小身体，她不知道"狮身人面"有多得意，在两分钟之内赚了三千元。她也不知道自己为什么如此任性地要定了这个小东西！低着头，她接触到那小动物友善而楚楚可怜的眼光，她用手指轻摸着那毛茸茸的躯体，心里开始有些迷惘起来。为什么要买这个小东西呢？钟家会允许她养狗吗？钟老太太一向有洁癖，会欢迎这个小动物吗？假若钟家不喜欢呢？那就只好拿回去给倩云……倩云，倩云从来就不喜欢小动物！

她叹口气，隐隐地感到，自己是花了八千元买来一个小烦恼。是吗？她注视小狗，你是小烦恼吗？看样子你是的，活着的生命都是烦恼：我是大烦恼，你是小烦恼。她想着，把下巴埋在那堆松松的白毛中，眼睛望着自己的鞋尖……她没有看路，她面前有个人影一闪，她差一点栽到一个人的怀里去。"嗨！站好，别摔了！"

熟悉的声音，她蓦地抬头，那个"狮身人面"！

她收住脚步，错愕地瞪着他，你还想涨价吗？你还想要回它吗？她默默地瞅着他。

"看样子，你很有钱，""狮身人面"又开了口，眼睛清亮，唇边仍然带着笑意，"看样子，你也是真心喜欢这只小狗。早知道你如此慷慨，我真该问你要一万块！"他收住了笑，看着她，把一沓钞票放在她臂弯里，他的眼神带着抹自我解嘲的意味。"退还你三千块。这是我第一次做生意，这种钱赚得有点犯罪感。我这人有毛病，如果有犯罪感就会失眠，而我又最怕失眠！"他把钱往她臂弯里塞了塞，"收好，别弄掉了。"

她继续瞪着他。"怎么了？"他不安地用手摸摸自己的后脑勺，有股尴尬相，"不习惯有人还你钱吗？"

她回过神来了。收起了钱，她望着面前这大男孩子，人家喜欢小狗，人家有能力有环境养它，你何苦一定要从别人那儿抢来呢？她怔了怔，忽然把小狗送到他面前去。

"给你吧！"她简单地说。

他连着倒退了三步，愕然地张大眼睛。

"我……不是来跟你抢它的，我只是要把多收的钱还给你……"他仓促地，有些结舌地说，"是你先看中的，你又那么喜欢它，它是该属于你……再说，这种小狗，最适合女孩子，我呢？如果要养狗，应该养只圣伯纳或者大丹狗！哈！"他大声地笑笑，把夹克的拉链往上拉了拉。"祝你和你的小狗相处愉快！"转过身子，他快步地、轻松地踏着阳光跑走了。

盼云还在街边愣了一会儿。脑子中回荡着那男孩子的话：这种小狗，最适合女孩子……女孩子？女孩子？或者，她还有副女孩子的面孔和身材，谁又知道，她的心已经一百岁了呢？小狗在她怀中不安地蠕动，伸出小舌头，它开始舔她的手背，喉中呜呜低鸣。她惊觉地看它，饿了吗，小东西？抬起头来，她叫住了一辆计程车。

该回去了。一个漫游的下午，带回一只玛尔济斯狗，回家怎么说呢？或者，钟家会喜欢小狗的，最起码，可慧会喜欢小狗的。可慧，可慧，唉！可慧！你要支持我呵！这只小狗得来不易，硬是从"狮身人面"那儿抢来的呢！她坐在计程车中，抱紧了小狗，用手抚摸着它的头，她望着那白色的小身体，轻声说："你需要一个名字，给你取什么名字好呢？"

名字，名字，她又想起文樵了。在威尼斯的"贡多拉"小船上，文樵曾对她附耳低语：

"为我生个孩子，我要给他取个好名字！"

"什么名字？"

"女孩叫盼盼，男孩叫樵樵！"

"完全是自我主义！俗气！"

"那么，"文樵看着天空，笑着，"咱们在威尼斯，是不是？如果有了孩子，男孩叫威威，女孩叫尼尼，如果生了个三胞胎，第三个只好叫斯斯了！"

"胡说八道！"她笑着，他也笑着，她伸手去揪他，他捉住她，两人几乎弄翻了那条小船。

她低俯着头，眼眶又湿了。下意识地，她抚弄着小狗。没有威威，没有尼尼，没有斯斯，什么都没有。如果有个孩子，她也不会如此形单影只了。如果有个孩子！

小狗更不安了，开始低声地吼叫。她抱起小狗，把面颊贴在小狗那毛茸茸的身子上，轻轻地摩擦着：

"你该有个名字，叫你什么呢？"

她沉思着，叹了口长长的气。

永远不会有威威、尼尼或斯斯了。永远不会了。她望着车窗外面，街道上车水马龙，行人来往穿梭，台北永远热闹；

男有分，女有归，鳏寡孤独废疾者，皆有所养！而她呢？她却是个游魂。车子停了，"家"到了。家里有她该喊爸爸妈妈的钟家二老，还有可慧。可慧，唉，可慧，惹人怜爱的可慧！她下了车，抱着小狗走往钟家大门。

"还有你！"她对小狗说，"尼尼！尼尼！这不是个好名字，但是，你就叫尼尼吧！"

钟可慧站在镜子前面，仔细地打量着自己。

她有一头柔细乌黑的头发，不长不短，刚刚齐肩披着，光洁而飘逸。她的眉毛秀气，眼睛大而明亮，睫毛长得可以在上面横放一支铅笔。她的鼻子不高，却小巧宜人，嘴唇薄薄的，嘴角微向上翘，有些调皮相。她身材不高，才只有一百六十四公分，这是她最引以为憾的事。奶奶总是说，还小呢，还会长高呢！可是，她知道，已经满十八岁了，她从十六岁起，就没长高过一厘米！十八岁！十八岁是个美好的年龄，不是吗？她对着镜子抬了抬眉毛，眼珠灵活地转了转。她穿了件宽腰身最流行的粉红色毛衣，有两个布口袋在毛衣前面，可以把双手都拢进去。一条紧身的粉红色 AB 裤，灯芯绒的，显得她的腿修长而匀称。她在镜子前轻轻旋转了一下身子，说真的，她很满意自己，从小，她就知道自己长得漂亮，全家都称赞她漂亮，有副老天给你的好容貌是你的幸运。她曾为自己的容貌骄傲过，直到贺盼云闯入她的家、她的世界，她才蓦然了解到一件事，美丽两个字包含了太多东西，风度、仪表、谈吐、气质，甚至思想、学问、深度、感情……都在内。她赶不上盼云，盼云是个女人，而你，钟可慧，你只是个孩子！

她对盼云几乎有些崇拜，虽然她从不把这种崇拜流露出来。她崇拜盼云的雅致、盼云的文静、盼云的古典、盼云的轻柔……以至于盼云不用说话而只是默默瞅着人的那种神韵。那是学都学不来的，是与生俱来的一种深幽的美。就是这种美捉住小叔的吧！小叔，那骄傲的男人，那男人中的男人，曾经打赌没有一个女人会捉住他，结果仍然向盼云俯首称臣，什么独身主义，什么终身不娶都飞了。结果呢……结果是想都想不到的意外！是人生最最惨痛的悲剧！小叔、小叔、小叔……她瞪着镜子，蓦然转身，不要想小叔了。今天太阳出来了，今天是个好日子，今天晚上要去参加苏家的舞会，苏——过十九岁生日，她说要开个迪斯科舞会！

迪斯科！可慧是那么迷迪斯科呀！迷得都快变成病态了。她情不自禁地跑到唱机边，放上一张唱片，身子就跟着音乐舞动起来。她知道自己跳得好，她安心要在苏——的生日舞会上出出风头。只是，自己的舞伴太差劲了，徐大伟跳起舞来活像只抽筋的大猩猩！想起徐大伟她就一阵烦，爸爸、妈妈、奶奶都喜欢徐大伟，她却总觉得徐大伟有些木讷。她最受不了的就是木讷，平常反应迟钝也就罢了，跳舞像抽筋的猩猩是最不可原谅的大缺点，仅仅凭这一项缺点，就该把徐大伟"淘汰出局"。

一支曲子完了，她停下来，跳得身子都发热了。走过去，她关掉唱机，看看手表，已经快五点钟了，太阳已经落山，今晚讲好去苏家吃自助餐，那该死的徐大伟怎么到现在还不来接她，大家都说好要早去早开始。徐大伟就是徐大伟，什么事都慢半拍！楼下有门铃响，她侧耳倾听，该是徐大伟来了。楼下有一阵骚动，奶奶爸爸妈妈的声音都有。她抓起床上的小皮包，和包装好了要给苏一一的生日礼物，打开房门，她轻快地直冲下楼。才到楼梯上，她就听到一阵小狗的轻吠声。怎么？家里有只小狗？她好奇地看过去，立刻看到那一身黑衣的盼云，正坐在沙发里，怀中紧抱着一只雪白色的小狗。那小狗浑身的长毛披头散发，把眼睛都遮住了，毛茸茸的倒可爱得厉害。她听到奶奶正在说："……家里都是地毯，小狗总是小狗，吃喝拉撒，弄脏了谁收拾，何妈已经够忙了……"

"我会训练它！"盼云低声说，声音里带着种软软的消沉。可慧不由自主地望向她的脸，她脸上也有那股消沉，那股近乎无助的消沉，她肩上也有那份消沉，事实上，她浑身上下都卷裹在一团消沉中。自从小叔出事后，她就是这样的，消沉、落寞、忧郁、沉默……而了无生气。现在，她那望着小狗的眼光里，是她最近唯一露出的一抹温柔，不知怎的，可慧被这一点温柔所打动了。她轻快地跑了过去，决心要助盼云一臂之力，否则，她知道，有洁癖的奶奶是绝不会收容这小动物的。"啊唷，"可慧夸张地叫着，伸手去轻触那团白毛，"多可爱的小狗哦！你从哪里弄来的？"

"买的。"盼云说，望向奶奶，"妈，我会管它，给它洗澡、梳毛、喂牛奶，训练它大小便……妈，让我留它下来，好不好？"

"哇！"可慧抚摸着小狗，一阵惊呼，"哇！好漂亮的黑眼睛哦！哇，好漂亮的小鼻子！真逗！噢，奶奶！咱们留下来，我帮小婶婶一起照顾它！奶奶！我们留下它来，我喜欢它！"

"可慧！"可慧的妈妈——翠薇——在一边开了口，她正坐在沙发中钩一条可慧的长围巾，脸上有种置身事外的表情，"你别跟着起哄，养狗有养狗的麻烦！"

"妈！"可慧对母亲做了个鬼脸，"你也别跟着奶奶投反对票，养狗有养狗的乐趣！"

"小心点，丫头！"钟文牧——可慧的父亲——从沙发后面绕了出来，用手上卷成一卷的晚报敲了敲可慧的脑袋，"你越来越没大没小了。家里的事，奶奶做主，你少发表意见！"

"不许发表意见？"可慧瞪着圆眼睛，天真地望着父亲，"不许吗？"

"不许。"钟文牧说。

"那么，我是个木偶人。"可慧伸出胳膊，眼珠不动，一蹦一蹦地"跳"到奶奶面前去，动作里充满了舞蹈的韵律。她从小就有舞蹈和表演的天才。她轻快地停在奶奶面前，像木偶般慢慢地移动、旋转，然后用背对着奶奶，说："拜托一下，奶奶，我背上有个螺丝开关，拜托帮我上一下弦，转转紧，木偶快要动不了了。"奶奶推了推老花眼镜，笑了。用手在可慧肩膀上拍了拍，她怜爱地叹口气说："拿你这丫头真没办法！好了，咱们就养了这条小狗吧！可慧，你跟我负责任，弄脏了地毯我找你!"

"谢谢你,奶奶!"可慧转回身子,拥抱了一下祖母。奶奶推开她,仔细看她。"打扮得这么漂亮,要干吗?身上是什么香味?"

"鸦片。"

"什么?"奶奶竖起耳朵。

"鸦片哪!"可慧笑着嚷,卷到盼云身边去。"小婶婶,你告诉奶奶,鸦片是什么,还是你上次从欧洲带回来送我的呢!"

欧洲。盼云的心又一沉,一阵绞痛。她抬起头来,轻声说了句:"鸦片是一种新出品的名牌香水。"

"香水叫这种怪名字?"奶奶不满地推着眼镜,"赶明儿我看水烟袋都会变成装饰品!"

"这倒是真的。"钟文牧接口,"我亲眼看到阳明山一家外国人把水烟筒放在壁炉上陈列,认为是艺术品!连中国以前三寸金莲的绣花鞋,都当宝贝,放在一块儿。"

"这是侮辱。"可慧跳跳脚,直着脖子嚷,"爸,你就该给他扔到垃圾箱去,你该告诉那家外国人,中国有真正的艺术品——带他到故宫博物院去!对,他需要去一下故宫博物院,了解一下中国文化……"文牧瞅着女儿,微笑着,他的眼睛深黝慧黠,这是钟家的特征,文樵也有同样漂亮的一对眼睛。他瞅着女儿,眼角却下意识地飘向盼云。盼云正轻悄地站起身来,不受注意地抱着小狗走往厨房,立刻,厨房里传来冲牛奶声、杯碟声,和盼云那柔柔润润的低唤声:"尼尼,来喝牛奶!尼尼,瞧你这股馋相!"

尼尼？什么怪名字？文牧的思绪转回女儿的身上：

"你意见很多，你慷慨激昂，而你身上搽的是鸦片香水。"

"呃，"可慧一怔，"这不同。香水和化妆品的名字要新奇，才能引人注意……呃，"她也听到盼云的声音了，"说到名字，小婶婶这只狗居然叫'你你'，够特别了，将来再养一只，可以取名字叫'他他'！爸，我告诉你！我有个同学，姓古名怪，你信不信？""信。"文牧一个劲儿地点头，"她和你准是结拜姐妹。说不定，你还有同学姓三名八，姓小名丑，姓……"

"你不信！"可慧耸耸肩，斜睨着父亲，"你当我说笑话呢！我们班上还有个男生姓老，他说他将来有了儿子，要给他取个单名叫'爷'，那么，人人都要叫他儿子老爷。我问他，他自己怎么叫儿子呢？他就呆住了。所以，现在我们全班同学都叫这位姓老的同学作'老笨牛'……哈哈！"她天真地笑弯了腰，"哈哈！好玩吧？哈哈……"

一阵门铃，打断了可慧的笑语呢哝，她侧耳倾听，何妈去开了门，她收住了笑，一本正经地对父亲说："老笨牛的结拜兄弟来了。"

"谁呵？"奶奶不解地问。

"徐大伟呀！他来接我的！我走了！"她抓起桌上的皮包和礼物，"奶奶、爸爸、妈妈、小婶婶、何妈、尼尼，大家再见！我去参加舞会，你们都不要给我等门，我自己有钥匙，你们知道，这种舞会不会很早散的！"

"不许回家太晚！"文牧嚷。

"不许？"可慧又做了一个"木偶"舞姿，对父亲翩然一笑，"爸，这两个字你用得很多，每次都浪费，而且影响父女感情，你何苦呢？拜！"她冲向大门口，花园内，徐大伟那修长的身子正站在石板铺的小径上，仰着他那长脖子，在张望着。看到可慧，他立刻笑着弯了弯腰："抱歉，迟到了半小时！"

"什么？才半小时吗？"可慧故意瞪圆眼睛，大惊小怪地说，"哇！真伟大！我以为你起码要迟到一小时的！"

"好了，少损人了。小姐。"徐大伟笑着，他戴着副金丝边眼镜，外表文质彬彬，绝不像可慧形容的那么"迟钝"。其实，他是相当优秀的。他和可慧是同学，不过，可慧才念大一，他已经念大四，可慧在文学院，他却在工学院。他脾气生来就是慢条斯理的。可慧正相反，是个急脾气。两人凑在一堆，就难免吵吵闹闹。"我迟到有原因。"他慢吞吞地声明。

"有原因？什么鬼原因？你每次都有原因！"

"这次是真的。"徐大伟一本正经地点头，"起先是，苏——说女生太少，男生太多，我去找女生！"

"你去找女生？"可慧又挑起眉毛，"你认得的女生还不少哇！""当然，我有三个妹妹两个姐姐，外带妹妹的朋友、姐姐的朋友、妹妹朋友的朋友、姐姐朋友的朋友……"

"好了！少贫嘴！还有呢？"

"他们没乐队呀！用唱片太没劲了。所以，我去请我们医学院那个'埃及人'乐队呀！"

"埃及人？"可慧不能呼吸了，双颊都因兴奋而涨红了，

"你请到了吗？"她屏息问。

"当然请到了。""每一个人吗？""当然每一个人！""包括高寒吗？""不只高寒，高寒的弟弟高望也去，他们兄弟两个唱起和声来，你知道，简直棒透了。"

可慧兴奋地一把抓住徐大伟的胳膊，把本来想大发作一阵的怒气全咽下去了。她拉住他就往花园外跑，嘴里不住地说："那么，咱们快去吧，还等什么？走吧走吧！"

"可慧！"一个温柔的声音在她身后响起。

她回过头去，盼云正扶着门框，站在大门口的台阶上，对她静静地注视着。她的眼光柔柔的，盛满了感激，盛满了温存。她轻声说："谢谢你，可慧。"可慧怔了怔，谢什么呢？噢，那只小狗！在即将来临的"埃及人"的喜悦里，她简直忘记那只微不足道的小狗了。她摇摇头，笑笑。望着盼云，忽然，她又看到盼云浑身上下围裹着像雾般的苍茫灰暗了，又看到她的消沉落寞和绝望了。她站在那儿，一袭黑衣，长发垂腰，白净的面庞上，是已经被碾碎了的青春。两年前，那辆碾死小叔的汽车，把盼云的青春也同时碾碎了。小叔死了，全家的悲哀加起来没有盼云一个人的多，因为对全家每个人来说，小叔都只是一部分，唯有对盼云，小叔是她的全部。可慧抬起头，痴痴地看着盼云，那么美，那么美呵！那么年轻那么年轻呵！那盈盈如水的眼睛，那柔柔如梦的神情……小叔尸骨已寒，贺盼云呵贺盼云，你比我大不了几岁，你何必要跟着陪葬呢！

蓦然间，她放开了徐大伟，她那激动派的个性又来了。

她冲到盼云面前，热切地抓住盼云的手，热切地摇撼着她，热切地说："听我说，你跟我们一起去吧！"

"什么？"盼云愣了愣，"去哪儿？"

"舞会呵！"可慧叫着，"去跳迪斯科呵！你待在家里也没事做，为什么不跟我们一起去呢？你知道，我们也请了贺倩云。"

"哦，"盼云虚弱地微笑了一下，那笑容黯淡轻飘得像浮在空中的暮色，"谢谢你，我不去。"

"去，去，你要去！"可慧更加激动，更加热切了，"去把你的黑衣服换掉，去穿件鲜艳的，去搽点儿口红胭脂，去喷点儿鸦片……去，去！小婶，你知道我们这是什么时代了吗？我们跳迪斯科，我们唱民歌，我们有个乐队，叫'埃及人'，你听说过吗？好有名好有名，你去问你妹妹，倩云一定知道！你要去！小婶，去听他们唱歌，去跳舞，去活动一下筋骨，你就不会这么悲哀了！请你不要——"她一口气说到这儿，那句早就哽在喉咙口的话就忍不住冲口而出了，"不要再扮演寡妇的角色了！你才二十四岁，你该忘掉小叔，去交男朋友去！"

盼云像挨了一棍，她踉跄后退，用手紧握着门框，她睁大眼睛，望着面前这张年轻激动而热情的脸庞。她很感动，感动得心脏急剧地跳动起来，眼眶也发热了。她咬咬嘴唇，可慧啊可慧，你实在好心，实在善良。但是，你不了解爱情，不了解那种绝望到底的悲切和无助，那种万念俱灰、了无生趣的痛楚……你太年轻了，你不懂。

"可慧，"她喃喃地开了口，"我不行！我不能去！我真的不……不想去！"

　　"为什么？为什么？"可慧嚷着，摇撼着她的手，"你为什么要埋葬掉你的欢乐？为什么要……"

　　"不为什么，可慧。"她打断了她，幽幽地说，"我并没有'埋葬'我的欢乐，我是'失去'了我的欢乐，这两者之间的意义并不相同。""那么，去找回来！把失去的找回来！"可慧仍然激动地嚷着。"好，"她忍耐地咬紧牙关，"去找回来，可慧，你去把你小叔找回来！"可慧张着嘴，仰望着她，一时间，竟无言以答。然后，她颓然地摇摇头，发现自己做了件很笨很蠢很无意义的事。她不再说话，转过身子，她拉住了在一边呆看的徐大伟，闷着头就穿过花园，径直走出大门了。

　　盼云依然靠在门边，暮色已经游过来了，天空早就暗了，暮色充满在花园里，那些月季，那些扶桑，那些冬青树……都变得暗幢幢的了。她望着那盛满暮色的大院落，一时之间，不想移动脚步，也不想走回那灯火通明的客厅，她只是这样站着，心里几乎是空的，几乎连思想都没有。

　　"你知道吗？可慧的话虽然有些孩子气，说得倒非常有道理！"她听到一个声音在对她说，一个男性的低沉的声音，她的心不自禁地猛然一跳，文樵吗？你在哪儿？她迅速回头，要抓住这声音，于是，她发现，文牧正站在她身边，手里捧着她那只白毛小狗。她的心沉进了地底，眼光黯淡了。他们兄弟的声音真像啊。"进来吧！"文牧说，"门口很凉，风很大呢！"

她被动地、顺从地转身向屋内走去。

文牧递上了她的小狗。

"抱上楼去吧!"他低声说,"刚刚已经在地毯上闯过祸了。当心妈看到又要说话。"她接过小狗,对他感激地点点头。

"你叫它什么?"文牧好奇地问,"你你吗?"

"是尼尼。"她低语,想解释这两个字,想到威尼斯,想到小桥运河,想到贡多拉,她咽回了她那复杂的解释,变成了一句最简单的话,"尼姑的尼。"

"哦!"文牧怔着。她抱着尼尼,一步一步地挨上楼去。

第二章

　　这是苏家的地下室。苏家有栋很漂亮的小洋房，有占地将近二百五十平方米的一个地下室。这地下室平常放着乒乓球桌和台球桌，是苏先生平时和客人们的娱乐室，所以还设有一个酒吧。今晚，他们拿走了乒乓球桌也卸掉了台球桌，沿墙放了一排乱七八糟的靠垫充当椅子，酒吧台上放了一大缸冰冻的鸡尾酒（百分之九十八是果汁）。屋顶上，吊满了彩带和花球，墙上也挂满了同式的彩带和花球。整个地下室被弄得花团锦簇，热闹非凡。几乎有一百多个年轻人挤在这室内，又跳，又唱，又舞，又大声谈话……把夜色都舞活了，把夜色都唱活了……这是年轻人的世界，这是属于青春和欢笑的世界。

　　苏一一穿了一身红，像一团燃烧的火焰，在室内穿梭奔跑着，招待客人，笑脸迎人，不断地跳舞，不断地笑。她并不很美，眼睛略小，嘴巴略大，身材也是胖乎乎的。但，青春和乐观是她最大的优点。她爽朗好客，热情坦荡，对每个人都亲切自然。因此，这些年轻人全做到了"宾至如归"，几乎是无拘无束地笑闹，几乎是笑翻了天，笑穿了那三层楼的建筑。可慧在跳着迪斯科，正像她所预料的，她的舞姿那么出色，立刻引得好多男生跟着她团团转，排队"预约"她的"下一支"舞。徐大伟也不吃醋，一本正经地当起可慧的"秘书"来了。居然拿出一本记事簿和一支笔，帮可慧"登记"舞伴的秩序。表现得那么落落大方，而又把"护花"的地位踩得牢牢的，真让可慧有些啼笑皆非。

"埃及人"迟到了半小时，他们一共是五个男生，只有一副鼓和四把吉他，就不明白这么单纯的乐器，怎么到他们手中就会制造出那么炙热活跃的音乐。他们受到旋风似的欢迎，可慧敢打赌，就是汤姆·琼斯来台湾，也不会比"埃及人"造成更大的轰动。高寒！唉！高寒！可慧望着他们之间那个主唱，那个被全校谈论的人物，被半数女生秘密（或公开）崇拜的物件。他站在那儿，身材就比别人高了半个头，抱着一支吉他，他们五个人全穿着最简单的红色套头毛衣和牛仔裤，每人脖子上都挂着一件代表自己的饰物。那么简单的打扮，反而更加衬托出他们的英风飒飒。尤其高寒。

高寒站在人群中央，他似乎才刚刚走进门来，站都没站稳呢，一个吉他音符已经从他手指尖端迸跳出来了。接着，更多的吉他声、鼓声就如激流飞湍般一泻而出，而高寒，他双腿微分，挺直地站着，把头发轻轻一甩，张开嘴就唱：

"祝你生日快乐，祝你生日快乐，祝我们每人快乐，因为我们能唱能跳又能活！

"祝你生日快乐，祝你生日快乐，祝我们每人快乐，因为我们能爱能恨又能歌！"

哇呀！全场都狂叫了。全场都跟着唱生日快乐，因为"埃及人"是用迪斯科的节奏来弹的曲子，大家就跳起舞来，一面跳，一面跟着唱，把苏——围在中间，苏——乐得脸都红了，笑得连气都喘不过来了。她那一身红，使她像一朵盛开的圣诞花。一曲既终，高寒丝毫不偷工减料，他热烈地拨弄琴弦，伸手一招，他的弟弟高望就站在他身后，他们用两支吉他，加鼓声的节奏，开始和音唱着：

"谁能告诉我，活着为什么？六岁背书包，十六背书包，二十六书念完，成功岭上跑，三十六公事包，数数比天高。人生不满百，活着为什么？……"

一段间奏，他自己笑了起来，那眼睛亮晶晶地闪着光，像两盏灯，像两颗星星……他的面容生动活泼，嘴唇厚得性感，牙齿白而整齐，那微褐色的皮肤和那头又多又乱又不整齐的头发，使他浑身上下，都充斥着洒脱不羁的浪漫气息。他一直笑，似乎连笑声也成为间奏的一种，然后，节奏一变，调子突然又轻快又活泼："活着为什么？为了要唱歌！活着为什么？为了迪斯科！活着为什么？为了要活着！"他们一齐大声喊了句："抛开那些无病呻吟和梦话吧，他妈的！"

怎么在歌声中还加上"他妈的"，可慧跳得汗都出来了，笑得腰都弯了。

世界不像你想象的那样悲戚，

每当春风吹过，树叶儿在枝头绿呀绿，

夏天才刚刚开始，

蝉儿已经在树梢谱着歌曲，

秋天是诗人的季节，黄叶飘呵飘呵落满地，

冬天里寒风虽然吹得紧，

没有冬天怎知道春的美丽？

一年四季设想得那么妙，

因为处处都充满了生命与活力！

一年四季设想得那么妙，

因为每一个生命都来得巧！

他放下吉他，又自己笑着，环室四顾，他的眼光注视着全场每一个人，当可慧和他的眼光接触时，她感到心跳快了，脸都热了。他没有把眼光从可慧脸上移开，挑着眉毛，他大声说："如果你们不相信生命来得巧，回家问你们的爸爸和妈妈！许多年前那个晚上，他们干点别的，包管你们就来不了了！"哇呀！大家都快要笑疯了，快要笑得晕倒了。高寒，你是天才，高寒，你是鬼才！高寒，你太绝了，太妙了。高寒，我服了你啦！接下来，高寒又唱了些歌，有的荒唐，有的古怪，有的胡说八道。但是，每支都使他们全场乐得发疯，都使他们又吼又叫又鼓掌。这样连续唱了大约一个多小时，吉他、鼓声、歌声，忽然全停了，高寒站在那儿，高举着双手，全场都静了下来，不知道他又要耍什么花招，又有什么新名堂。他站在那儿，眼光生动，神情郑重，大声地宣布：

"今晚，'埃及人'的演唱到此为止，我们被请到这儿来，为了让大家高兴，可是，我们自己也要高兴高兴，所以，现在起，我们要加入你们啦！"他回头叫了一声："放唱片！然后，去挑选你们的舞伴去！"天哪！他们居然带了唱片来，谁知道，合唱团还带唱片的？！立刻，一支人人熟悉的《周末狂热》就响了起来，同时，"埃及人"一声吼叫，抛开了他们的乐器，他们就直冲进人群里来了。可慧只感到眼前一花，徐大伟已经被冲开了，她面前正站着一个笑容可掬的"埃及人"。她定睛细看，几乎不能呼吸了，那笑望着她的，不是别人，而是高寒哪！

"可以请你跳舞吗？"高寒问，笑嘻嘻的。

徐大伟挤回到她身边，慢条斯理地从口袋里掏出原子笔和记事簿："高寒，根据登记，你现在排第七，中间还有六个登记者，你排队等着吧！"要命的徐大伟，该死的徐大伟，这是高寒哪！谁要你多事弄什么登记簿！她狠狠地对着徐大伟的脚就"跺"了下去。徐大伟咬咬牙，一声不响，若无其事地抓来一个小个子男生。

"谢明风，"他喊，"轮到你了！你要不要弃权？"

"谁要弃权？"谢明风嚷着，立刻拉住可慧，把她拉得离开那个"埃及人"有十万八千里远，笑嘻嘻地对可慧做了个九十度的大鞠躬，就跳了起来。可慧有些啼笑皆非，说实话，她相当怀疑徐大伟的记事簿，她更怀疑，这个谢明风是徐大伟的同党。看样子，徐大伟不是"老笨牛"的结拜兄弟，简直是个"小阴险"！她只好和谢明风跳了起来。一面，她伸长脖子找寻那个"埃及人"。于是，她的心莫名其妙地怦然一跳，高寒已经找到舞伴了！当然，他怎么会缺乏舞伴呢？但是，那舞伴不是别人，却是与她有亲戚关系的贺倩云！

如果贺倩云也是高寒自己"选"中的舞伴，那么，高寒实在是有眼光的。倩云今天穿着一身白，白绸衣，白绸裙，腰上绑着条细细的银色带子，她亭亭玉立，飘然若仙。可慧常想，天下的精英，都被贺家的两姐妹吸收进去了。盼云美得恬静，倩云美得潇洒。如果今天能说动盼云来参加这舞会，一定更精彩了。可慧的眼光完全不能控制地追随着高寒和倩云。他们实在跳得很出色。迪斯科的缺点就在于不太便于谈话，但是，他们却在谈话，他们利用每一个接触的刹那交谈着，高寒笑得爽朗，倩云笑得温柔。可慧真希望知道他们在谈什么。

一曲既终，徐大伟立刻送来了第二号，可慧恨得牙根发痒，但是，音乐又响起了，出乎意料，竟是一支慢三步。经过了快两小时的迪斯科，大家都有些筋疲力尽，这慢三步来得巧，也安排得好。可慧心不在焉地和"第二号"跳，眼光就不能离开高寒。怎么？他居然没换舞伴！拥着倩云，他们跳得亲热而轻盈，慢慢地旋转，慢慢地滑动，他在她耳边低言细语着什么，她微笑得像夏夜里初放的昙花。

接连五支曲子，可慧换了五次舞伴，高寒却一次都没换。终于，轮到高寒了。是一支慢四步，显然，大家都已经跳累了。有很多同学都在墙边的靠垫上东倒西歪起来了。高寒被徐大伟拉到可慧面前，他笑着，手腕中仍然挽着倩云。

"终于轮到我了吗，钟可慧？"高寒问。

"你怎么知道我的名字？"可慧屏息地问。

"倩云告诉我的。"倩云？他提起她的时候没有连姓一起喊呵，那么，他们早就认得了吗？当然可能。倩云在文学院三年级，主演过英文话剧，是学校里的高才生……但是，她和医学院还是很遥远啊！对了！他们同台演出过！在学校的同乐晚会中。怪不得他们那么熟悉呢！"可慧，"倩云开了口，很关心地，很温柔地问，"我姐姐这些日子怎么样？"

"不好。"可慧坦率地说，"一直不好。"

"唉！"倩云低叹一声，"我妈想把她接回家来住，你回去问一问她愿不愿意，好不好？"

高寒在一边站着，稀奇地看着她们两个。可慧猛然醒觉，再和倩云谈家务事，一支曲子就要谈完了，那该死的徐大伟说不定又带来了一个第八号，那么，她就休想和高寒跳舞了。她抬起头，望着高寒，嫣然一笑。

"我们跳舞吧！"

"我们也跳舞吧！"徐大伟对倩云说，"可慧说我跳迪斯科像大猩猩抽筋，但是，慢四步我还能胜任。"

倩云微笑起来，颊上有个甜甜的小酒窝。可慧想起学校里有个男生，曾经在布告栏里公然贴上一封给倩云的情书，里面就有一句："如果我淹没在你的酒窝里，死也不悔。"

现在，倩云那令人"死也不悔"的酒窝就在忽隐忽现。徐大伟拥着她舞开了，可慧想得出了神。

"咳!"高寒重重地咳了一声嗽。

可慧惊觉过来,仰起头,高寒正专心一致地瞅着她,眼睛亮黝黝的带着笑意。"我等了六支曲子,才轮到和你跳一支舞。"他说,"你能不能对我稍微专心一些?"

她的心又不规则地乱跳起来,脸红了。等待了六支曲子,她又何尝不是等待了六支曲子?她张大眼睛,望着面前那张微笑的脸庞,忽然觉得自己平日的伶牙俐齿全飞了,忽然觉得眼前只有他的脸孔、他的笑、他的眼神,什么都没有了。她连舞都不会跳了,因为她踩了他的脚。她心一慌,脸更红了。他温柔地把她揽进怀中,他的下巴轻轻地贴住了她的耳朵。

"是不是在想徐大伟?"他低声问,"放心,徐大伟心里只有你一个!"要命!她一跺脚,正好又踩在他脚上,高寒慌忙跳开身子,睁大眼睛,一副狼狈相。

"如果这么不愿意跟我跳舞,你直说就可以了!"他一本正经地说,"我并不因为自己会唱几支歪歌,就有任何优越感,我懂得不受欢迎的意义,不过,你表现的方法相当特别!"

他——妈——的!她心里暗骂了一句粗话。眼睛睁得更大了,死死地、定定地、一瞬也不瞬地望着他。

"要我把你交给徐大伟吗?"他认真地问。

"你……你……"她终于冒出一句话来,"你快把我气死了。"

"怎么呢?"他大惑不解。

"别说了!"她涨红了脸,气鼓鼓的,"跳舞吧!"

他耸耸肩，颇有种受伤似的表情。不再说什么，他拥住她重新跳舞。可慧用牙齿咬住下嘴唇，心里在翻江倒海般地转着念头，机会稍纵即逝呵！钟可慧！全校的女孩有半数都为他倾倒呵，钟可慧！你只能跟他跳一支舞，但是，你傻里傻气地在做些什么呵？钟可慧！

"听我说——"她突然开了口，同时间，无巧不巧，他也开了口："为什么——"他怔住了，她也怔住了。然后，他们相对而视，忍不住都笑了起来。

她问："你要说什么？"

"你要说什么？"他反问。

"你先说！"

"你先说！"他笑着，"我要说的话没有意义，因为我正想找句话来打开我们之间的冷场，我必须很坦白地告诉你，你使我有些窘，我很少在女孩子面前如此吃不开。"他扬扬眉毛，那眉毛多潇洒呵！"说吧，你要我听你说什么？"

"我……我……"怎么回事，她又说不出话来了。偏偏这时候，曲子完了。她正怔在那儿发愣，那该死的徐大伟居然真的拖了个"第八号"来了，一面对高寒说："高寒，让位！"高寒紧紧地盯了可慧一眼，表情尴尬而困惑，他微微对她弯腰，转身要走开了。可慧大急之下，尊严、矜持、害羞……都飞了。她迅速地拦住了高寒，既不理会徐大伟，也不理会"第八号"，她对高寒飞快地说：

"现在这个世界男女平等，我能不能请你跳这支舞？"

"噢！"高寒一怔，笑了，"当然能，太能了！"

"喂喂，可慧，"徐大伟拦了进来，"你不能乱了秩序……"

"去你的鬼秩序！"可慧对徐大伟忍无可忍地喊，"我已经被你折腾够了，你少胡闹了！"

徐大伟默然后退，她挽住了高寒，一下子就滑到屋角去，离徐大伟远远的。"我要告诉你，"她说，"我和徐大伟根本没有什么。他故意做出这副姿态来，他相当阴险。"

"哦。"高寒凝视着她，眼光深沉，"他并不阴险，他用心良苦！"他一脸的郑重和严肃。"徐大伟很好，你将来就会发现，像他这样的男孩子不多。现在，肯对感情认真的男孩子越来越少了。拿我们'埃及人'来说吧，我们每个人都很容易有女朋友，所以，我们每个人都很'游戏'，你懂吗？"

不懂！可慧蹙起眉头，有股莫名的怒气在胸中激荡。谁要你来称赞徐大伟？谁要你来声明立场？虚伪呵，高寒！虚荣呵，高寒！当你以为我拒你于千里之外时，你受伤了；当你发现我可能对你认真时，你又来不及地想逃走了！可恶的"埃及人"，可恨的"埃及人"！

"放心！"她冲口而出，"你对我而言，只是一具木乃伊！"

"呃！"他几乎踉跄了一下，面对她气呼呼的脸，忍不住失笑了，"木乃伊不会唱歌，木乃伊也不会跳舞！"他的眼光又在闪烁了，他无法掩饰对她的兴趣，他的声音里带着笑意。"所以很恐怖。"她正色说，"想想看，你是一具又会唱歌又会跳舞的木乃伊。""你说得我也恐怖起来了。"他耸耸肩膀，"你等于说我是行尸走肉，你骂人的本领相当高明。"

"不是高明，是高寒！"

"呃？"他又听不懂了。

"令人寒心的高个子！"她的睫毛往上翻，抬头看他，他确实高，比她高了一个头，"这就是你！"

他更深地看她，从她的眉毛、眼睛，一直看到她那尖尖的小下巴。"看样子，我给你的印象很坏！"他说。

"不不不！"她慌忙摇头，眼光透过他，看到别处去，"你根本没有给我什么印象，谈不上好坏！"

"呃？"他又"呃"了一下，好像喉咙口被人塞了个鸡蛋，"骂够了吗？"他问。

"骂？"她挑高眉毛，在人群中找寻徐大伟，"我什么时候骂过你？我从不对不值得的事浪费口舌。"她看到徐大伟了，他正在跟苏一一跳舞。

"好了好了，"高寒用手把她的脑袋转过来，强迫她的眼光面对自己，"我们休战，怎么样？"他的眼睛炯炯发光，唇边漾着笑意。她不语，慢慢地把视线从他面孔上垂下来，用手拨弄着他胸前的一件装饰品——一个狮身人面像。"狮身人面像是什么意思？"她哼着问，不愿讲和的痕迹太快露出来。

"是合唱团的标志，我们每人都有一样埃及人的东西，例如金字塔、人面相、古埃及护身符……我选了狮身人面像，因为——我是属狮子的！"

"属——狮子？"她眼珠转了转，想推算他的年龄，忽然间，她发现自己上了当，"胡说！"她叫着，"十二生肖里哪儿有狮子？"

"有，有，有。"他拼命点头，"我是属第十三生肖，刚好是狮子。"

"哦。"她咬咬嘴唇，"你属第十三生肖，狮身人面，换言之，就是'人面兽心'的意思。"

"噢，"他低头瞅着她，"你又骂人了。女孩子像你这么伶牙俐齿，实在不好。让我告诉你，可爱的女孩都是温柔亲切的，像你……"

"我不可爱！"她瞪着眼睛，鼓圆了腮帮子，气呼呼地嚷，"我也不温柔！我不需要任何人来欣赏我！我就是这副德行！"

他皱起眉头，诧异地研究她。

"奇怪。"他喃喃自语，"真奇怪。"

"什么东西奇怪？"她忍不住问。

"有人属第十四生肖，属青蛙，你信不信？"

"什么属青蛙？"

"你啊，你是属青蛙的！"

"胡说八道！"

"如果不属青蛙，"他慢吞吞地说，"怎么腮帮子一天到晚鼓得像青蛙的大肚子一样呢！"

她扬起睫毛，张大眼睛，想生气，两腮就自然而然又鼓了起来，鼓啊鼓的，她却蓦然间大笑了起来。高寒瞪着她，看到她那样翻天覆地地笑，忍不住也笑开了。他们的笑把所有的人都惊动了，一时间，整个房间的人都忘了跳舞，大家停下来，只是诧异地看着他们两个相对大笑。

天气由微暖转为燠热好像只是一刹那的事，当花园里的茉莉花蓦然盛开，当玫瑰花笑得更加灿烂，当那小尼尼已长大到长毛垂地……盼云知道夏天又来了。奇怪，人类生老病死，每天都有不同的变化，而春夏秋冬，一年四季却永远这样固定地、毫无间断地转移过去。一天又一天，一月又一月，一年又一年。带着尼尼，盼云在花园中浇着花草，整理着盆景。不知从何时开始，钟家这份整理花园的工作就落在盼云身上了。这样也好，她多多少少有些事可做。每天清晨和黄昏，她都会在花园中耗一阵子，或者，这是奶奶和文牧有意给她安排的吧，让她多看一些"生机"，少想一些"死亡"。可是，他们却不明白，她每天看花开，也在每天看花谢呵。

浇完了花，她到水龙头边洗干净手。抬头下意识地看看天空，太阳正在沉落，晚霞在天空燃烧着，一片嫣红如醉，一片绚烂耀眼。黄昏，黄昏也是属于情人们的。"早也看彩霞满天，晚也看彩霞满天"，这是一支歌，看彩霞的绝不是一个人。如果改成"早也独自迎彩霞，晚也独自送彩霞"，就不知道是什么滋味了。

她慢慢地走进客厅。整个大客厅空荡荡的，奶奶在楼上。翠薇——可慧的母亲——出去购物未归。文牧还没下班，可慧已经放暑假了，却难得有在家的日子。这小姑娘最近忙得很，似乎正在玩一种几何学上的游戏，不知道是三角四角还是五角，反正她整天往外跑，而家中的电话铃整日响个不停，十个有九个在找她。唉，可慧，青春的宠儿。她也有过那份灿烂的日子，不是吗？只是，短暂得像黑夜天空中划过去的流星，一闪而逝。她在空落落的客厅里迷惘回顾，钢琴盖开着，那些黑键白键整齐地排列，上面已经有淡淡的灰尘了。这又是可慧干的事。她最近忽然对音乐大感兴趣，买回一支吉他，弹不出任何曲子。又缠着盼云，要她教她弹钢琴，弹不了几支练习曲，她就叫着："不！不！不！我要弹歌，小婶，你教我弹歌，像那支'每当春风吹过，树叶儿在枝头绿呀绿'！"

她怔着。是流行歌曲吗？她从没听过。而可慧已瞪圆了大眼睛，惊诧得就像她是外星人一般。"什么？这支歌你都不知道？我们同学人人会唱！"

是的，她不知道。她不知道的东西太多了，岂止一支歌？她低叹一声，走到琴边。找了一块布，她开始细心地擦拭键盘，琴键发出一些清脆的轻响。某些熟悉的往日从心底悄悄滑过，那些学琴的日子，那些沉迷于音乐的日子，以至于那些为"某一个人"演奏的日子……士为知己者死，琴为知音者弹哪！她身不由己地在钢琴前面坐了下来。如果文樵去后，还有什么东西是她不忍完全抛弃的，那就是音乐了。她抚摸着琴键，不成调地、单音符地弹奏着。然后，有支曲子的主调从她脑中闪过，她下意识地跟着那主调弹奏着一个一个的单音……慢慢地、慢慢地，她陷入了某种虚无状态，抬起了另一只手，她让一串玲玲琅琅的音符如水般从指尖滑落出来……她开始弹奏，行云流水般地弹奏，那琴声如微风的低语，如森林的簌簌，如河流的轻湍，如细雨的敲击……带着某种缠绵的感情……滑落出来，滑落出来。这是一支歌！不是钢琴练习曲。一支不为人知的歌，盼云还记得在法国南部那小山城的餐馆中，一位半盲的老琴师如何一再为她和文樵弹这支曲子，他用生疏的英文告诉文樵，这是他为亡妻而谱的。盼云当时就用笔记下了它的主调，后来还试着为它谱上中文歌词：

　　　　细数窗前的雨滴，细数门前的落叶，晚风化为
　　一句一句的低语：
　　　　聚也依依，散也依依。
　　　　倾听海浪的呼吸，倾听杜鹃的轻啼，晨风化为
　　一句一句的低语：
　　　　魂也依依，梦也依依。

　　这支歌只谱了一半，幸福的日子里谱不全凄幽的句子，或者，当时听这支歌已经成为后日之谶，世界上有几个才度完蜜月就成寡妇的新娘？她咬着嘴唇，一任那琴声从自己手底流泻出来。她反复地弹着，不厌其烦地弹着。心底只重复着那两个句子："聚也依依，散也依依。魂也依依，梦也依依。"

　　她不知道自己重复到第几遍。躺在她脚下的小尼尼有一阵骚动，她没有理睬，仍然弹着。然后，她被那种怆然别绪给捉住了，她弹错了一个音，又弹错了一个音。她停了下来，颓然长叹。一阵清脆的鼓掌声，可慧的声音嚷了起来：

　　"好呀！小婶！你一定要教我这支曲子！"

　　这小姑娘何时回来的？怎么悄悄进来，连声音都没有？

或者，是她弹得太忘形了。她慢慢地从琴键上抬起头，漫不经心地回过身子，她还陷在自己的琴韵中，陷在那份"聚也依依，散也依依。魂也依依，梦也依依"的缠绵情致里。她望着可慧，几乎不太注意。但是，可慧身旁有个陌生的大男孩忽然开了口："当你重复弹第二遍的时候，高八度音试试看！"

她一惊，愕然地望着那男孩，浓眉，大眼，热切的眸子，热切的声音，热切的神情……似曾相识，却记不起来了。可慧已轻快地跑了过来，拉住了她的手。"小婶，我跟你介绍，这就是高寒。我跟你提过几百遍的，记得吗？高寒，"她望向高寒，"这是我的小婶婶！她是音乐系的，大学没毕业，就嫁给我小叔哪！"

高寒定定地看着面前这个年轻的女人。中分的长发，白皙的面颊，黑得深不见底的眸子，缺乏血色的嘴唇，心不在焉的神情，还有那种好特别好特别的冷漠——一种温柔的冷漠、飘逸的冷漠、与世无争的冷漠……她似乎活在另一个世界里，那件黑衬衫，黑裙子，黑腰带……他打赌他见过她，只是忘了在什么地方见过。可是，这是一张不容易忘记的脸，这是一对不容易忘记的眼睛……他努力搜寻着记忆。尼尼跑过来了，颈子上的铃儿响叮当，像阳光一闪，他叫了起来："玛尔济斯狗！"同时，盼云注意到他脖子上那个"狮身人面"了。多久了？尼尼都快半岁了呢！时间滑得好快呀！原来这就是高寒，这就是可慧嘴里梦里心里萦绕不停的高寒！就是会唱歌会编曲而又学了最不艺术的医学院的高寒！就是把徐大伟打入一片愁云惨雾中的高寒！她望着他，心不在焉地点点头，心不在焉地笑了笑，心不在焉地说："请坐。"她拍拍沙发，"可慧会招呼你。我不陪了。"她弯腰抱起地上的尼尼。

"慢一点！"高寒冲过来，站在钢琴前面，"我们见过，你忘了？"他指指小狗。

"没忘。"她淡淡地一摇头，"谢谢你把它让给我，瞧，养得不错吧！"

"很不错。"他伸手摸摸小狗，尼尼对他龇龇牙，"忘恩负义的东西，想凶我呢！"

可慧好奇地跑过来，望望高寒，再望盼云。"怎么，你们认得呀？"她诧异地问。

"等于不认得，"盼云又恢复了她的心不在焉，"一个偶然而已。"她转身又要往楼上走。

"等一等。"高寒再度拦住了她，"你刚刚弹的那支曲子，叫什么名字？"

她侧着头想了想，神情黯淡。

"没有名字吧！"她的神志飘向了久远以前的小山城，飘向了另一个世界，"没有名字。"

"你有没有试着用吉他弹这支曲子？"

"吉他？"她怔怔，"我不会弹吉他。"

"我保证，"高寒热烈地说，"用吉他弹出来会有另一种味道。可慧，你有吉他吗？"

"有呀！"可慧热心地叫，急于要显露一下高寒的技术，"我去拿！"可慧飞奔上楼。盼云带着一种懒洋洋的倦怠，斜靠在钢琴边，用手指无意识地抚弄着尼尼的脑袋。她没有再看高寒，她的思想飘移在虚幻里。可慧跑回来了，把她的吉他递给高寒。高寒接过来，调了调音，拨了拨弦，瞪了可慧一眼，笑着骂："属青蛙的，你真懒，弦都生锈了！"

可慧做了个可爱的鬼脸，伸伸舌头，也笑着顶回去："属狮子的，你少神勇，有吉他给你弹已经不错了！"

高寒在沙发背上坐下来，拨了几个音，然后，他脸上那种嬉笑的神色消失了，变得郑重起来，变得严肃起来，那曲子的音浪淙淙地流泻……盼云的注意力集中了，她惊奇地望向高寒，他居然已经记住了整首曲子！只一会儿，她就忍不住放下了怀中的小狗，她坐回到钢琴边，对高寒微微点了点头。高寒会意地走到琴边，在一段间奏之后，盼云的钢琴声响了，高寒的吉他成了伴奏，他们行云流水般配合着，弹到一个地方，盼云的钢琴和不上去了，他们同时停了下来，高寒说："这样，我们把主调改一下，有纸有笔吗？"

可慧又飞奔着送上纸和笔。

高寒在纸上画着五线谱和小蝌蚪，写得快而流利，递给盼云看："这样，你弹第一部的时候，我弹第二部，你弹这三小节的时候，我不弹，到下面一段，我弹的时候，你不弹。我们试试看。"他们又试了一遍，钢琴和着吉他，像一个美妙的、小型的演奏会。可慧听得悠然神往，心都醉了。她伏在钢琴上，含着笑，望着盼云那在琴键上飞掠过去的手指。那纤细、修长而生动的手指。盼云忽然停住了，深思地望着琴键。高寒也停住了，深思地望着盼云。"第二段第三小节的问题。"高寒说。

盼云拿过纸和笔，改了几个音符，高寒伸头看着，一面用吉他试弹。盼云放下纸笔，又回到钢琴上，他们再一次从头弹起。多美妙的曲子！多美妙的配合。琴声悠扬而缠绵，温柔而清脆，细致而凄怨，美丽而婉转……在暮色中叮叮咚咚地响着，委委婉婉，如梦如歌。

一曲既终，他们同时停止演奏。彼此互望着，高寒的眼睛中幽幽地闪着光，盼云的面颊上微微有层红晕。可慧发疯般地鼓着掌，兴奋得满屋子乱跳。

第三章

"太好了！太好了！"她叫着，扑过去摇撼着高寒，"高寒，你一定要把这曲子记下来，编上套谱，让你们'埃及人'演奏一下看看！这跟你们的校园歌曲不同，对不对？这另有一番味道，对不对？这也好美好美，对不对？"

高寒注视着盼云。"你的曲子？"他问。她摇摇头。"一个法国人，不出名的。"她轻声说，"并不完全一样，我改了一些地方。"高寒点头。"一定有歌词吧？"他再问。

"我试着写过，没有写完。"

她把那两段歌词写了下来。高寒接过歌词，轻声哼着，然后，他又拿起吉他，一面弹，一面轻声地唱，他的声音极富磁性和感情，只唱了一段，盼云已经有些神思恍惚起来，旧时往日，点点滴滴……有些人的生命属于未来，有些人的生命却属于过去。她猝然站起身子，推开了琴凳，她弯腰抱起尼尼，没有再看高寒，没有再看可慧，她径直走上楼去了。

高寒停止了唱歌，望着盼云的背影发怔。半晌，他才回过神来，对那正在钢琴键上乱敲的可慧说：

"你小叔的福气还真不错呢！"

"小叔？"可慧一愣，"他两年半以前就死了！"

"呃！"高寒吓了一跳。

"我小婶才倒霉，只跟着小叔去了一趟欧洲，蜜月刚度完，就什么都完了。我小叔是骑摩托车被计程车撞到的，那辆该死的计程车！跑得无踪无影，我家要打官司都找不到人。"

"哦！"高寒愣愣地望着那楼梯，低下头来，他再愣愣地望着手中那张歌谱。聚也依依，散也依依。魂也依依，梦也依依！一时间，他似乎体会到很多他这个年龄从没有体会到的东西，体会到很多生离死别的悲哀，体会到盼云那种心不在焉的迷惘、那种遗世独立的冷漠、那种万念俱灰的落寞、那种缠缠绵绵的忧郁……他想得出神了。

"喂！"可慧在他身上敲了一下，"你在发什么呆？"

"哦，"他回过神来，望着可慧，奇怪可慧怎么说得如此轻松，笑得这么爽朗，"你刚刚告诉了我一个悲剧！"他说："你想念你小叔吗？他很优秀，是不是？"

"他是最优秀的！"可慧收起笑，一本正经地说，"他是最最优秀的！但是，他死了。对死掉的人来说，是一种结束。活着的人还是要活下去，是不是？我奶奶当初哭得差点断气，但是，她仍然勇敢地面对现实，有说有笑地活下去了。贺盼云的问题在哪里，你知道吗？……"

"贺盼云？"

"那是我小婶的名字。哦，对了，我小婶就是贺倩云的姐姐，今年刚毕业的贺倩云。"

"噢！"高寒再应了一声。

"我小婶很悲哀。"可慧自顾自地说，"我们每个人都很悲哀，可是，悲哀归悲哀，犯不着从此变作一具活尸，浑身上下，都披着一件悲哀的外衣，再把悲哀传染给四周每一个人！"

高寒惊奇地看着她。"你说得并不公平，"他说，"你必须原谅她是情不自已。她并不希望自己变成这样，是不是？"

"当然她不希望，我们谁都不希望小叔死掉，但是，小叔的死已经是既成事实，大家就该勇敢地去接受它，把它看成自然界的一种变化，花会开也会落，太阳会出来也会下山，月亮有圆也有缺……反正人一落地就注定了会死。我们该为活着的人活着，不该为了死去的人也死去！"

高寒更加惊奇地看她，看了好一会儿，他眼底有一抹崭新的感动。"你常常有许多谬论，一天到晚嘻嘻哈哈的没三句正经话。但是，可慧，你这几句话说得很有些哲学思想。"

可慧的脸漾起一片红晕，她对他做了个十分可爱的鬼脸，斜睨着眼珠微微一笑。"别夸我，我会得意忘形。"她笑着说。

"你以为你不得意的时候，就不会'忘形'吗？打我认识你那天起，你就随时随地在'忘形'！"

"你以为……"可慧鼓起腮帮子，气得哇哇大叫，"我是为你而'忘形'吗？"她直问出来。

"不！不！"他举手投降，"别又变成只大青蛙！你误会我的意思，我是说，你一向就是个无拘无束的女孩子，一向就不拘形迹，我欣赏你的'忘形'！"

可慧怀疑地转动眼珠，低声自语："人面兽心的话有些靠不住，甜言蜜语的人大部分都是小人。"高寒瞪了她一眼，抱着吉他调着弦，他自然而然又回到那支"聚也依依，散也依依"上去了。天色早就全黑了，客厅里已灯火通明。可慧伏在他肩上说：

"留在我家吃晚饭，嗯？"

他惊跳起来，一迭声地说：

"不要！不要！我回去了。告诉你，可慧，我这人最怕见别人的长辈，待会儿又要见你妈，又要见你爸……"

"还有奶奶！奶奶才是一家之主！"

"啊呀！"他转身就向大门口跑，"再见！"

她一把拉住他的衣服。

"我家的人是老虎，会吃掉你吗？刚刚你已经见过一位我的'长辈'了，你还和人家有弹有唱呢！"

长辈，高寒愣住了。同时，文牧的汽车正滑进车房，翠薇拎着大包小包的东西走进家门，何妈在餐桌上摆着筷子，奶奶扶着楼梯，很威严地一步一步跨下来……刹那间，高寒觉得已被四面八方包围，再也逃不掉了。他回头盯着可慧，后者却一脸调皮的笑。于是，高寒只得像个被牵动的木偶，跟着可慧对这些"大人物"一一参见。文牧谦和而潇洒，一点父亲架子都没有，对高寒亲切地笑着。翠薇眼光却相当机警，用某种令人提高警觉的注视，对他做了个从上到下的打量。奶奶——噢，这白发老太太确实是一家之主，她严肃地看他，简单明确地下了一道命令："高寒，你头发太长了，下次来我家，起码要剪短三寸！"

"奶奶！人家在合唱团里呢，你瞧披头士……"可慧想代高寒求情。"他不是披头士吧！男孩子要清清爽爽，徐大伟就从没有披头散发！"她再盯了高寒一眼，"记得理发呵！"

放心！高寒在心里叽咕，我下次才不来你家了！剪头发？休想！上电视都不肯剪，为了来你家剪头发？我又不是你的孙子，即使我是，我也不剪！君不知，今日男儿，头发比生命还重要呢！晚饭时间到了，大家都坐定了，席上还少了一个人。奶奶有些不快地皱着眉。何妈走过来报告：

"小婶婶说，她有些头痛，不吃晚饭了。"

奶奶望了翠薇一眼："你去叫她下来吧！"翠薇奉命上楼，只一会儿，盼云就跟着翠薇走进餐厅来了。她的脸色确实不好看，苍白而瘦削，眼睛是微红的，神态寥落而无奈，她被动地坐下来，对奶奶歉然地看了一眼，奶奶紧盯着她，语气却慈祥、温和而坚定：

"你要吃胖一点，你太瘦了！"

盼云点点头，默默地端起饭碗，她似乎没注意到高寒被留下来了。高寒却盯着她，愕然地、迷惘地试着用科学眼光来透视一下，她身上到底背负着多少的无奈？她眉尖心上，到底坠着多少哀愁？他看得出神了，然后，他又有份文学家的浪漫思想，如果有个男人，能让一个女人为他如此"魂牵梦系"，那真也是"死而无憾"了！

早上，才起床不久，倩云就来了。

在客厅中，倩云一袭嫩黄色的夏装，娇嫩明艳得像朵黄蝴蝶。拉着盼云的手，她亲切而简洁地说：

"我们出去散散步，好不好？"

盼云了解，既然要拉她出去，就表示有些话不愿在钟家谈。点点头，她说："正好，我也要带尼尼出去散散步。"

给尼尼绑了一条红带子，那小东西已兴奋得直往门外冲，又慌慌忙忙、紧紧张张地用牙齿咬住盼云的衣摆，直往大门外拉，这小家伙最兴奋的事就是"上街街"，难道连一只狗，都不愿被整天锁在一栋房子里？

姐妹两个牵着狗，走出了大门，沿着红砖铺砌的人行道，慢慢地、毫无目标地向前走。盼云打量着倩云，那柔嫩的皮肤，那红润的双颊，唇不点而红，眉不画而翠，她浑身上下，都抖落着青春，多年轻！二十二岁！盼云蓦地一惊，自己只比倩云大两岁而已，怎么心境仪表，都已经苍老得像七老八十了？"姐，"倩云开了口，非常直接，"爸和妈要我向你说，两年半了，过去的事都过去了，你不能一直住在钟家，你该住回家去！"盼云呆了呆，沉思着，这是个老问题。

"可是……""可是你已经嫁到钟家去了！"倩云很快地接口，打断了她，"我知道你要说什么，但是，钟家的每个人、每间房子、每块砖每扇门每件家具，都只能带给你痛苦的回忆。以前，你在最悲痛的时候，我们不跟你争。现在，你该回家了。"

"为什么一定要我回去呢？"

"姐，"倩云站住了，明朗的双眸坦率地停在盼云脸上，"因为，在钟家，你的身份是个儿媳妇，在贺家，你的身份是贺家大小姐。"盼云轻颤了一下。"你不能抹杀已成的事实。"她勉强地说。

"我并不要抹杀，"倩云说，"可是，你才二十四岁，难道就这样一辈子在钟家过下去？你还是个少女，你懂不懂？不必把自己弄得灰头土脸的！没有人会感激你这样！甚至没有人会赞成你这样！我跟你说，姐，回家去，忘掉钟文樵，你该开始一段新生活，再恋爱，再结婚！"

盼云惊悸地颤抖了。"不。"她很快地说，"我再也不结婚了，我也不可能再恋爱了，都不可能了。如果我跟你回去，爸妈一定拼命帮我介绍男朋友，希望我再嫁，而我，没这种欲望，没这种心情，更没这种闲情逸致。我宁愿住在钟家！"

"你宁愿守寡！"倩云皱紧了眉头，"知道吗？这是二十世纪，没有贞节牌坊了。""你的口气像可慧。"盼云说，望着在她身前身后环绕着的尼尼，"你们都不了解我。"

"不了解你什么？"

"不了解我并不想扮演寡妇，不了解我并不想为道德或某种观念来守寡。而是，……倩云，你也认识文樵，你知道我对文樵的那种感觉，你知道的，你该比任何人都清楚！你是我的妹妹，我们一块儿长大，从小，你爱吃的，我让给你，你爱玩的，我让给你，你爱穿的，我也让给你……只有文樵，我没有——让给你！"倩云迅速地抬眼看着盼云。这是第一次，姐妹两人如此赤裸裸地相对。倩云脑中立刻闪过文樵的形象，那深黝乌黑的眼珠，每个凝视都让人心碎。文樵是姐妹两个在一个宴会上同时认识的。那时的盼云，弹一手好钢琴，还学小提琴，学古筝，甚至学琵琶。中外乐器，无一不爱，中外歌曲，都能倒背如流。恬静清幽，愉快而亲切。她喜欢明亮的颜色，白的、粉紫的、浅蓝的、嫩绿的，以至于藕荷色的。那晚，她就穿了件藕荷色的衣服，在宴会上弹了一支她自己发明的《热门歌曲集锦》，她疯狂了整个会场，也疯狂了文樵。

是的，那阵子，文樵天天往贺家跑。盼云每天静静地坐在那儿，听文樵说话，看文樵说话。她呢，她每日换新装，换发型……姐妹俩谁都不说明，但是，潜意识里却竞争惨烈。倩云相信，除了姐妹两人自己心中明白以外，连父母都不知道这之中的微妙。然后，有一天，盼云和文樵回家宣布要结婚了。当时，她就好像被判死刑了，她还记得，她连祝福的话都没有说，就直冲进自己的卧房，把房门关上，握紧拳头，咬牙切齿地低语："我希望他们死掉！我希望他们死掉！"

她蓦地打了个寒噤，从回忆中惊醒过来了。希望他们死掉！是她咒死了文樵吗？不。她拼命地摇了一下头。

盼云正默默地瞅着她。

"对不起，倩云，"她软弱地说，一脸的歉然，"我知道你不愿意我提这件事。"

倩云深吸了口气，勉强地微笑了。"姐，过去的事我们都别提了，我们谈现在，好不好？"她伸手挽住了盼云的手，"回家吧！姐姐！你让爸爸妈妈都好痛心啊！还有，楚大夫问起你几百次了！"

楚鸿志，那个好心的心理医生，确实帮她度过了最初那些活不下去的日子。盼云的眼眶有些湿了，她逃避地俯下眼光，又去看尼尼，看红砖，看那从砖缝中挣扎而出的小草。

"再给我一些时间，"她含糊地说，"让我好好想一想。"

"我要提醒你，钟家的人并不愿意你留在钟家！"

她震动了一下。"为什么？谁对你说了什么吗？是可慧说了什么？还是文牧和翠薇说了什么？""别担心，谁都不会说什么，只是我体会出来的。"倩云坦白地说，"你想，你那么年轻，又没有一儿半女，名义上是钟家的人，事实上跟钟家的关系只有短短的两个月！钟家家财万贯，老太太精明厉害。文牧夫妇两个会怎样想呢？说不定还以为你赖在钟家，等老太太过世了好分财产呢！"

盼云大惊失色，睁大眼睛，她瞅着倩云。

"他们会这样想？他们不可能这样想！不可能！"

"为什么不可能？"倩云决心"激将"一下，"你太天真了，姐。如果我是钟文牧夫妇，我一定怀疑你的动机。才二十四岁，有父有母，为什么不回去？人家丈夫在世的儿媳妇，还常常在婆家待不住呢，有几个像你这样活到中国古代去了？居然在夫家守寡！你把你那些悲哀收一收，用你的理智聪明去分析一下，你这样住下去，是不是一个长久之计？你就是从今后不再嫁人了，也回到贺家去守这个寡吧！爸爸妈妈到底是亲生父母，不会嫌你！不会怀疑你！而且——是百分之百地爱你！"盼云呆住了，她愣愣地看着倩云，体会到倩云话中确有道理，她彷徨而恐惧，慌乱而迷惘。钟家真的嫌她吗？回到父母身边也需要勇气呵！父母一定会千方百计说服她再嫁。还有那个楚鸿志，一定又会千方百计来给她治病了。她抬头看看天空，蓦然间觉得，这世界虽大，茫茫天地，竟没有一个真正属于她的"家"！甚至于，没有一个容身之地！

和倩云谈完这篇话，她是更加心乱了，更加神魂飘忽了。她知道倩云是好意，只有倩云会这样坦白地对她说这些，钟家毕竟不能把她"驱逐出境"啊！唉，是的，她该回到贺家去。但是，妈妈每次看到她都要掉眼泪呵。人，活在自己的悲哀里还比较容易，活在别人的同情里才更艰难。

和倩云在街头分了手，她带着尼尼走回钟家。一进大门，就听到好一阵笑语喧哗，家里的人似乎很多，可慧的笑声最清脆。她诧异地跨进客厅，一眼看到徐大伟和高寒全在。可慧这小丫头不知道在玩什么花样。翠薇正在张罗茶水，带着种得意的暗喜，分别打量着徐大伟和高寒。难得文牧也没上班，或者，他是安心留下，要放开眼光，为女儿挑选一个女婿？钟老太太坐在沙发里，正对高寒不满意地摇头，率直地问："你的头发怎么还是这么长？"

高寒用手把浓发一阵乱揉，笑嘻嘻地说：

"我去理过发，不骗你，奶奶。那理发师一定手艺不精，剪了半天，不知道怎么还没剪掉多少！"

"你真理过发吗？"奶奶怀疑地推眼镜。

"他真的理过！"徐大伟一本正经地帮高寒说，"去女子理发店理的！"满屋大笑，高寒斜睬着徐大伟。

"小心，徐大伟，你快入伍受训了，那时，你会理个和尚头，准漂亮极了。我知道，可慧顶喜欢和尚头了，是不是，可慧？""啊呀！"可慧尖叫。"徐大伟，如果你没头发……老天！"她跌脚大叹，"我不能想象你会丑成什么样子！"

"可慧，"文牧开了口，"你认为男孩子的漂亮全在头发上吗？""爸爸，"可慧娇媚地对父亲扬了扬眉毛，"你必须原谅，我很肤浅，审美观不够深入，看人从头看到脚，第一眼就看头发！"盼云走进屋来，打断了满屋的笑语喧哗。她慌忙抱起地上的尼尼，解开它的带子，对大家说：

"你们继续谈，我上楼去了。"

"盼云，"文牧喊住了她，"何必又一个人躲在楼上？坐下来跟大家一块聊聊不好吗？"

盼云看了文牧一眼，脑子里还萦绕着倩云的话：文牧夫妇会以为你赖在钟家，等老太太过世了好分财产呢！你们会吗？会这样想吗？文牧递给她一杯冰冻西瓜汁。

"这么热的天，还出去遛狗？"他问，眼光落在她那年轻细致的面庞上。盼云笑笑，没有回答，接过了西瓜汁，她低声道了句谢。小狗从她膝上跳下去，躲到屋角，躺在地上，吐着舌头喘气，它已经累得筋疲力尽了。"嗨！"高寒一下子闪到她面前，冲着她微笑，很快地说，"记不记得上次那支歌？可慧要我把它写成套谱，我真的写了，通常没有钢琴谱，我也加上了。而且，我把那歌词改了改，写成了完整的，你要不要弹一弹试试看？"他浑身东摸西摸，大叫："可慧，我把歌谱放到什么地方去了？"

"在你摩托车的包包里！"可慧说。

"拜托拜托，你去给我拿来好吗？"

"是！"可慧笑着，奔出去拿歌谱。

盼云瞪着高寒，唉！她心中在叹气，我并没有兴趣弹琴，我也不想弹琴，尤其在这么多人面前，我一点情绪都没有，真的没有。她的眼光一定流露了内心的感觉，因为高寒的神情变得更热切了，有种兴奋的光彩燃亮了他的眼睛，他看来满身都是劲。"你会喜欢那支歌，我向你保证。"他说。

可慧奔回来了，举着歌谱。

"来！小婶，你弹弹看！"她跑过去打开了琴盖，把琴凳放好，对盼云夸张地一弯腰、一摊手，拉长了声音说："请——"盼云无法拒绝了，她无法拒绝这两个年轻人的热情和好意。而且，她明白，可慧并不是要她表演弹琴，而是要借她的表演带出高寒的"才气"。她拿着琴谱，走到钢琴前坐下。可慧早已把吉他塞进了高寒手中。她望着那谱，弹了一段前奏，立刻，她又被那奇妙的音符捉住了，她开始认真地弹了起来，和着高寒的吉他，这次，他们的合奏已经达到天衣无缝，不像上次要改改写写。高寒站在钢琴边，弹了一段，他就开始唱起来了，完全没有窘迫，他显然非常习惯于表演，也唱得委婉动人而感情丰富。于是，盼云惊奇地发现，他对原来的词句，已经修正了很多，那歌词变成了：

也曾数窗前的雨滴，也曾数门前的落叶，数不清，数不清的是爱的轨迹：

聚也依依，散也依依。

也曾听海浪的呼吸，也曾听杜鹃的轻啼，听不

清，听不清的是爱的低语：

魂也依依，梦也依依。

也曾问流水的消息，也曾问白云的去处，问不

清，问不清的是爱的情绪：

见也依依，别也依依！

…………

琴声和歌声到这儿都做了个急转，歌词和韵味都变了，忽然从柔和变为强烈，从缓慢变为快速，从缠绵变为激昂：

依依又依依，依依又依依，往者已矣！来者可追！

别再把心中的门儿紧紧关闭，

且开怀高歌，欢笑莫迟疑！

高寒唱完了，满屋子笑声掌声喝彩声。盼云很快地关上琴盖，在一种惊愕和震动的情绪下，她不由自主地瞪着高寒。她相信，满屋子除了她，没有一个人听清楚那歌词，因为它又文言又白话，后面那段的节奏又非常快。她直直地瞪着高寒，立刻，她发现高寒也正肆无忌惮地瞪着她，那眼光又深沉、又古怪、又温柔、又清亮……她一阵心慌，站起身来，她很快地离开了钢琴，去餐桌边为自己倒了一杯冰水。

"高寒！"可慧在叫着，奔过去，她摇着高寒的手，"再为我们唱一支什么，再为我们唱一支！大家都喜欢听你唱，是不是，奶奶？"盼云放下了玻璃杯，转过身子，她想悄悄地溜上楼去，才走了两步，她就听到高寒那种带有命令意味、似真似假、似有意似无意的声音："如果都喜欢听我唱，就一个也不要离开房间！"

盼云再一次愕然。她本能地收住脚步，靠在楼梯扶手上，抬头去望高寒。高寒根本没看她，他低着头在调弦。徐大伟轻哼了一声，从沙发中站起来，高寒伸出一只脚去，徐大伟差点被绊了一跤。徐大伟站直身子，有些恼怒。

"你干吗？"他问。高寒望着他笑："你想走，你存心不给我面子。你不给我面子，就等于不给可慧面子！不给可慧面子，就等于不给钟家全家面子！"

可慧望望高寒，又望望徐大伟。

"徐大伟，"可慧对徐大伟挥挥手，"坐好，坐好，别动。你要喝什么，吃什么，我给你去拿！"

"我要——"徐大伟没好气地叫出来，"上厕所！"

"噢！"可慧涨红了脸，满屋子的人又都笑了。

盼云是不便离开了，不管高寒的话是冲着谁说的，她都不便于从这个热闹的家庭聚会中退出了。但是，她仍然悄悄地缩到屋角，那儿有一张小矮凳，她就坐了下去。小尼尼跑到她的脚边挨擦着，她抱起尼尼，把下巴埋在尼尼那柔软的白毛里。高寒又唱起歌来。他唱《离家五百里》，唱《乡村路》，唱《阳光洒在我肩上》，唱《我不知如何爱他》……他也唱他自己作的一些歪歌，唱得可慧又笑又叫又拍手……他始终就没有再看盼云任何一眼。然后，盼云抱着尼尼站起身来，她真的想走了，忽然，她听到高寒急促地拨弦，唱了一支她从未听过的歌："不要让我那么恐惧，担心你会悄悄离去，不要问我为什么，忽然迷失了自己！不要让我那么心慌，担心你会忽然消失，告诉我我该怎样，才能将哀愁从你脸上抹去……"

她甩甩头，抱紧尼尼，她把面颊几乎都埋在尼尼的长毛中。她没有对屋子里的人招呼，只是径自往楼上走去。没有人留她，也没有人注意她。高寒仍然在拨着琴弦，唱着他自己的歌：

为什么不回头展颜一笑，
让烦恼统统溜掉？
为什么不停住你的脚步？
让我的歌把你留住！
…………

她转了一个弯，完全看不见楼下的人影了，轻叹一声，她继续往前走。但是，她听到楼下有一声碎裂的"叮咚"声，歌停了，吉他声也停了。可慧在惊呼着："怎么了？"

"弦断了！"高寒沉闷的声音，"你没有好好保养你的吉他！""是你弹得太用力了。"可慧在说，"怎么样？手指弄伤了吗？给我看！让我看！""没事！没事！"高寒叫着，"别管它！"

"我看看嘛！"可慧固执地说。

"我说没事就没事！"高寒烦躁地说。

盼云走到自己房门口，推开房门，她走了进去，把楼下的欢笑叫嚷喧哗都关到门外，她走到梳妆台前面，懒洋洋地坐了下去。梳妆台上放着一张文樵的放大照片，她拿起镜框，用手轻轻摸着文樵的脸，玻璃冷冰冰的，文樵的脸冷冰冰的。她把面颊靠在那镜片上，让泪水缓缓地流下来，流下来，流下来，她无声地哭泣着，泪水在镜片和她的面颊上泛滥，她心中响起了高寒的歌声："依依又依依，依依又依依！"她摇头，苦恼而无助地摇头。高寒，你不懂，你那年轻欢乐的胸怀何曾容纳过生离死别？纸上谈兵比什么都容易！"情到深处不可别离，生也相随，死也相随！"这才是"情"呵！古人早有"问世间情是何物？直教生死相许"的句子，早把"情"字写尽了。再没有更好的句子了。

半晌，她放下了那镜框，又想起倩云要她回家的话了。忽然，她心里闪过一个很可怕的念头，在文樵刚死的时候，她也有过"生死相许"这念头，"生也相随，死也相随"！她悚然一惊，慌忙摇头，硬把这念头摇掉。她记得，文樵去世后，她足足有三天水米不进，一心想死，楚鸿志猛给她注射镇静剂。后来，是倩云把她喊醒的，她摇着她的肩膀对她大吼大叫："你有父有母，如果敢有这个念头，你是太不孝太不孝太不孝了！假如你有个三长两短，逼得爸爸妈妈痛不欲生，我会恨你一辈子！恨你一辈子！"

她醒了，倩云把她叫醒了。在那一刻，她很感激倩云对她说了真心话，易地而处，她怀疑自己会不会像倩云那样有勇气说这几句话。易地而处？如果当初文樵选择了倩云，或者，整个命运都不一样了，或者他就不会死了……她想呆了，想怔了。她在房里不知待了多久，忽然有人敲门，她跳起来，镜子中的脸又瘦又憔悴，眼睛又湿又惊惶，面颊上泪痕犹存……她一直不愿意钟家人看到她流泪，她慌忙用衣袖擦眼睛，来不及说话，房门已经开了，站在门口的，不是何妈，不是奶奶，也不是可慧，而是文牧！她有些发愣。

"盼云，"文牧深刻地看了她一眼，"该下楼吃午饭了！"他柔声说，他有对和文樵很相似的眼睛，深邃，黑黝，闪着暗沉沉的光芒。

她点点头，一语不发地拭净了面颊，往门口走去。

他用手撑在门上，拦住了她。

"听我说两句话再下楼。"他说，紧紧地盯着她。

她困惑地抬起头来。"高寒还在下面。"他说，声调低沉，"可慧很天真，天真得近乎傻气。但是，我并不天真，也不傻。为了可慧，你能不能答应我一个要求，距离高寒远一点。"

她倒退了两步，脸色更阴暗憔悴了。蹙起眉头，她有些不相信地看着文牧，然后，她讷讷地说：

"我……我不下去了，我也不饿。"

"不行。"文牧坚定地说，"你要下去吃饭，你已经够瘦够苍白了！再这样下去，你会死于营养不良症！"

她张大眼睛看了他一眼，没再说话，她慢慢地走下楼去。

第
四
章

　　高寒坐在他的小屋里，桌上堆满了医书：解剖学、营养学、血液、回圈、心脏、皮肤……要命的人体构造！要命的细菌培养……他心里没有医学，奇怪自己怎么会去考了医学院。他也不知道凭自己这块料，怎么能成为好医生。解剖的时候需要头脑清晰，把一具尸体当一件艺术品，他还记得，第一次解剖人体，他冷静地用刀子划下去，冷静地拿出内脏，教授对他赞不绝口，同学们都羡慕他的镇静。但是，一下课他就冲进浴室去大吐特吐，足足有一星期他不能吃肉。事后，他只对弟弟高望说过一句："我相信，我是个自制力最强的人，我能控制自己，不允许我情感上的弱点暴露出来！"

　　"因为你有歌！"高望说过，"你把很多积压在内心的不平衡完全借歌唱来发泄了！所以你唱的时候比别人都卖力，你的歌词比别人写得更富有感性！"

　　或者是真的。高望了解他。高望念了历史系，高寒不懂一个男孩子念了历史系将来预备做什么，了不起当历史学家或教授。高望笑着说过："其实我们两个念的是同一门，你整天研究人类怎样才能活下去，我整天研究人类是怎样死掉的！"

哈！他喜欢高望，欣赏高望！不只因为他是高望的哥哥，而且因为高望有幽默感，有音乐细胞，还有那份人性的分析能力。现在，高寒坐在他的书桌前面，他并没有研究自己的功课，推开所有的书籍，他在一张五线谱的稿纸上作歌，手里拿着吉他拨来拨去，他的吉他上有一个狮身人面像，高望的代号是金字塔，吉他上也有个金字塔。他们这个合唱团选择了"埃及人"为名字，就是这兄弟二人的杰作。高寒从医学观点去看"埃及人"，高望从历史观点去看"埃及人"，都觉得他们这民族有不可思议的地方。

"怎么能造一座金字塔？怎么能雕一个狮身人面像？简直不是'人'的力量可以完成的！"

"所以，至今有个学说，认为当初曾有外太空的人来过地球，帮助人类完成了许多人类不能完成的工程。其中最大的证据就是金字塔！""不。"高寒说，"我不相信有什么外太空人，这些确实是人做的，这证明了一件事：人的力量是无法估计的，人的头脑和意志力更加可怕！""中国人早就有一句成语。"高望说，"人定胜天！连天都可以战胜，还有什么做不到的事？"

于是，"埃及人"合唱团就这样成立了。高寒高望兄弟成了团中的台柱。在学校里，甚至在校外，他们这合唱团都相当有名气。但是，最近，高寒已经一连推掉三个演唱了。

"喂！大哥，"高望看着高寒，他正坐在窗台上研究歌谱，兄弟两个共有一个房间，似乎都把歌看得比功课更重要，"电视台邀我们上电视，你到底接受还是不接受？"

"是不是由我们决定唱什么歌？还是一定要唱'净化歌曲'或是'主旋律歌曲'？""当然唱我们自己的歌，否则我们的特性完全无法表现！"高望说。"那就接受！这是条件，你要和他们先讲好！"

"办外交一向是你的事，怎么交给我啦？"

"我情绪不好，以后合唱团的事都交给你办！"

"交给我办可以，练唱的时候你到不到呢？"

"当然到！"

"当然到？你已经两次没去了！"高望嚷着，"钟可慧把你的魂都迷走了……"

高寒怔了怔，写了一半的歌谱不由自主地停顿了。

"我告诉你，"高望继续说，"徐大伟入伍以前，把我约去谈了一个晚上。""哦？"高寒疑惑地抬起头来。"他不找我谈，找你谈干什么？""他要我转告你几句话。"

"嗯？"他哼着。"他说，钟可慧外表坚强，实际柔弱，完全是一朵温室里的小花，被保护得太好了。他说，如果你是认真追，他也没话说，大家看本领。假若你只是玩玩而已，能不能放弃钟可慧？"高寒的脸冷了下去。他抱着吉他，胡乱地拨着弦，闷声问："你怎么回答？""我说，大哥的事我管不着！何况认真不认真是个大问题，不到最后关头，谁也弄不清楚！小伍和苏一一，还不是玩玩就玩得认真了？""答得好！"高寒跳起身来，摔下吉他，去壁橱里取了件干净衬衫，开始换衬衫。"又要出去？"高望问，"如果接受上节目，晚上非练歌不可！""我知道！我到时候准去，你帮我把吉他带去！"

"如果你是去钟可慧家，我看你靠不住。我就不懂你怎么每次能在钟家待到那么晚。人家家里又是老的又是小的，你不拘束吗？这样吧，我看钟可慧对合唱团挺有兴趣的，你何不把她约出来？"高寒扣着衣扣，斜睨着高望。他脸上有种阴沉的、压抑的烦躁。"约不出来！"他闷声说。

"约不出来？"高望惊呼，"岂有此理！你坐下别动，我打个电话去代你约，我就不相信约不出来！"他伸手就去拿电话筒，"电话号码多少？我忘了！"

高寒跳过去，一把抢过话筒，丢在电话机上。

"你少代我做任何事！"他叫着，脸涨红了。

"怎么了？你吃错了什么药？"高望有些火了，也吼了起来，"我是出于好意，假若你把交女朋友看得比合唱团重要，咱们合唱团就干脆解散！""解散就解散！"高寒也火了，叫得比高望还响，"我告诉你，高望，合唱团迟早要解散的，世界上没有一个合唱团能维持一辈子！""是你说要解散的！"高望跳了起来，也去壁橱里拿衬衫，"好！我们也别接受电视台的节目了，我干脆一个个去通知，要解散趁早！反正你也无心练歌，无心接受别人的邀请！……啧啧，"他对高寒轻蔑地撇嘴，"我真没想到钟可慧有这么大的魔力！小伍也交女朋友，我也交女朋友，咱们'埃及人'哪一个不交女朋友，谁会交成你这副茶不思饭不想的窝囊相，简直丢脸！"高寒冲过去，一把抓住高望胸前的衣服，他额上的青筋跳动着，眼神凌厉而阴郁。

"高望，你敢说我窝囊！"

"你是窝囊！"高望毫不服输地嚷着，"从苏——的舞会上认识她，你追了半年多了，越追越惨兮兮！我不知道你在搞什么鬼！我只知道你窝囊！窝囊透了！窝囊得连男人气概都没有了，窝囊得……""当心！"高寒大吼，"我会揍你！"

"你也当心！"高望吼了回去，"我也想揍你！"

就在兄弟两个剑拔弩张的时候，房门及时开了，高太太冲到房门口来，急急地喊着：

"你们兄弟两个要干吗？如果要打架，到屋子外面空地上去打！咱们家可不是富有人家，砸碎了东西买不起！去去去！体力过剩就去空地上打去！"

高寒望着门口的母亲，再看看高望，他颓然地放下手来。一种歉然的、内疚的情绪就抓住了他。混合着这种情绪，还有种深切的沮丧和懊恼。他站直了身子，直视着高望。

"不要解散合唱团，'埃及人'组成不易，大家都像兄弟一样，怎么能解散！""这还像句话。"高望笑了，"那么，你晚上准去练歌吗？八点钟，在小伍家里！"他怔了怔。"最晚九点到！"他说。

"九点？不会太晚吗？半夜三更又唱又闹邻居会说话！这一小时对你就如此重要？"

"是的。"他咬紧牙关，"我够窝囊了！我太窝囊了！今晚，我必须扭转这种局面，我必须表明自己！是的，高望，这一小时对我很重要！"他语气中的郑重和热切使高望愕然了。他瞪视着高寒，看着他穿好衬衫，拿起外套，大踏步地冲出门去。他有些大惑不解地望着他的背影发怔。高太太追在后面问：

"你是不是又不回来吃晚饭了？"

高望拉住母亲，笑了。

"他当然不回来吃晚饭了，钟家已经把他打进吃饭人口的预算中间去了。""什么意思？"高太太不解地问。

"意思吗？"高望笑着，"意思就是，妈，你可能要有儿媳妇了。咱们大哥，最近每晚都去钟可慧家报到！"

"钟可慧？是同学？""外文系二年级的系花！追的人有一个连队那么多！你迟早会见到的！""很难追吧？"高太太担心地说，"我看你哥哥追得相当苦，一个暑假，起码瘦了三公斤！"

"让他吃点苦头也好，如果不苦，他也不会珍惜了！"高望说，也拿起外套，往屋外走去。"我只是有些弄不懂，钟可慧对大哥一股崇拜相，似乎不是那种会用心机折磨人的女孩，为什么大哥会追得这样惨兮兮！"

他走出了房门，高太太看着他。

"看样子，你也不回来吃晚饭了？"

"是。"

高太太点点头："去吧！"她苦笑了一下，"孩子一长大，家就成了旅馆！事实上，比旅馆还简单，不需要登记！"

高望对母亲歉然而又亲昵地笑笑，跑走了。

高寒呢？高寒又来到了钟家。整个暑假，他跑钟家跑得最勤。像有一块无形的吸铁石，带着强大的吸力，就把他往钟家吸去。每次到了钟家，可慧笑脸迎人，翠薇嘘寒问暖，文牧冷眼审察，奶奶默然接受……而盼云呢？盼云是难得一见的，除非到吃晚饭的时间，她绝不下楼，吃饭时也目不斜视。她难得一笑，难得说话，更难得看他一眼。他的存在与不存在，好像都与她毫无关系。可是，他已经在一日比一日更深切的渴望里，快要爆炸了。怎么有如此冷漠的女人？怎么有如此固执于孤独的女人！怎么有如此可恶的女人？怎么有……老天！他狠狠地吸气，怎么有如此灵性的、典雅的、飘逸的、脱俗的、楚楚动人的女人！他快要疯了，他真的觉得自己快要疯了！带着高望给他的刺激，带着种毅然的决心，带着种郁闷与恼怒的迫切，他又来到钟家。

可慧正一个人坐在客厅里，赤着脚，盘着腿，垂目观心，双手合十地坐在沙发中间。高寒惊奇地看着她，问：

"你在干什么？""打坐啊！瑜伽术的一种！"她笑着叫。跳下地来，直奔到他身边，看了看手表。"你迟到了，你说三点钟来，现在都快四点半了，你这人怎么如此没有时间观念？等得我急死了，满屋子乱转，转得奶奶头疼，奶奶说，如果你心烦，这样子盘腿坐着，眼观鼻，鼻观心，心无杂念，就不会烦了。所以，我就在这儿'打坐'！"她一口气，像倒水似的说着，声音清脆明亮，像一串小银铃在敲击。

他咬咬嘴唇。"有效吗？"他问。"什么有效吗？""打坐啊！""没效！"她睫毛往上一扬，双眸澄澈如水。

"怎么呢？""因为啊——因为——"她拉长声音，瞅着他，笑意在整个脸庞上荡漾，"因为我'心有杂念'！"

他的心跳了跳，望着可慧，望着整间客厅，客厅里除了他们，一个人都没有，显然，大家都有意避开了。至于盼云，盼云不到吃晚饭是不会下楼的。他望着可慧，那么甜甜的笑，那么温柔的眼睛，那么羞答答而又那么坦荡荡的天真……他忽然觉得自己很卑鄙，卑鄙透了！高寒啊高寒，他在心中呼唤着自己，如果你利用这样一个纯洁无邪的女孩子来做"桥梁"，你简直是可耻！既可耻又卑鄙！你怎能欺骗她？怎能让她以及每一个朋友亲戚都误解下去？你该告诉她，你该对她说明……或者，他的心更加疯狂地跳起来——或者，她会帮助你！她是那么善良，那么热情，她说过：

"我们该为活着的人活着，不该为了死去的人也死去！"

她说过，是的，她说过。他瞪着她，那样急迫而热切地瞪着她，带着那么强烈那么强烈的一种渴望，可慧被他看得面红耳热，连呼吸都急促起来了。

"你干什么？"她推推他，有五分害羞，有五分矫情，"又不是没看过我，这样直勾勾瞪着人干什么？"她用手指绕了绕发梢，"觉得我和平常不同吗？我早上去烫了头发，剪短了好多，你喜欢吗？我妈说我这样看起来比较有精神，你喜欢吗？"

抱歉！他想，他根本没有注意到她换了发型。

"怎么不说话呢?"她再推他,"你今天有点特别,神秘兮兮地干什么?"

他深抽了一口气,伸手握住了她的手,他的脸色变得又严肃又郑重。他的声音却是吞吞吐吐的。"可慧,"他嗫嚅着,"我——我有些话要跟你讲,你——你坐下来好吗?"她坐了下去,紧挨在他身边,她的眼睛里燃满了期待,嘴角噙着笑意,整个脸庞上,绽放着青春的喜悦和幸福的光彩。他瞪着她,说不出话来了。

"说呀!"她催促着,闪动着眼睑。"可慧,可慧……"他咬紧牙关,磨牙齿,他真恨自己,很简单的一句话,可慧,咱们只是普通朋友,大家都不要陷进去……不好,不如直接说:可慧,我爱的不是你,追求的也不是你……也不好!他转动眼珠,心乱如麻,嘴里又吐不出话来了。"你到底要告诉我什么?"她低低地、好低好低地问,柔柔地、好柔好柔地问。她的面颊靠近了他,发丝几乎拂在他脸上。"你说嘛,说嘛!你是属狮子的,狮子怎么变得这样畏缩起来?你说嘛!"她鼓励着。

"我不属狮子,"他轻哼着,"我属蜗牛。"

"属蜗牛?"她又怔了,"为什么属蜗牛?"

"脑袋缩在壳里,没种!窝囊!"

"怎么了?"她伸手摸摸他的手背,"你在生气?是不是,我感觉得出来,你在生气!"

是的,他在生气,生他自己的气,生很大很大的气。他咬嘴唇,皱眉头,满面怒容。她转动着眼珠子,悄悄地打量他，她那温软的小手，仍然触摸着他的手背。

"可慧，"他终于冒出一句话来，"有徐大伟的信吗？"

"噢！"她轻呼一声，吐出一口长气，笑容一下子在她脸上整个浮漾开来。她叫了起来："老天爷，你生了半天气，是为了徐大伟的信呵！我告诉你，我发誓，我只回了一封，也没写什么要紧话。如果你真生这么大气……"她垂下睫毛，有些羞涩，面颊绯红了，"我以后就不回他信好了！"

高寒又深抽了口气，要命！怎么越讲越拧了呢？他定定地望着她，她的脸更红了，眼睛更深了，嘴角的笑意醺然如醉了。他困难地咽了咽口水，正想说什么，有阵熟悉的"叮叮当当"的小铃铛声震动了他，他转过头去，一眼看到小尼尼嘴里衔着个毛线球从楼梯上飞奔而下，浑身的毛都飘飞起来。而盼云，难得一见的盼云！正紧追在后面，嘴里不住口地轻呼："尼尼！别跟我闹着玩！把毛线还我！尼尼！尼尼……"她猛地收住步子，看到那亲亲热热挤在一块的高寒和可慧了。她呆了呆，反身就预备回楼上去。

高寒迅速地跳起身子，像反射作用一般，他蹿过去抱起了地上的尼尼，走过去，他把尼尼递给她。

盼云伸手接尼尼。立刻，她大吃一惊，因为高寒已经飞快地握住了她的手腕，尼尼和楼梯扶手遮着他们，他把她的手握得好紧好紧，握得她痛楚起来。

"可慧！"高寒叫着，脑子里飞快地转着念头，要支开可慧！他的嘴唇有些发颤，他的心狂跳着，他觉得自己卑鄙极了。但是，他知道，他如果放走了这个机会，他可能永远没有机会了。那狂猛的心跳和发疯般的热切把他浑身都烧灼起来了。他大声地说："你能不能去给我冲一杯柠檬汁？我来你家半天，一口水都没喝着！"

"噢！我忘了！"可慧天真地叫着，喜悦和幸福仍然把她包围得满满的，她根本没发现那站在楼梯口的两个人有任何异状。跳起身子，她就轻快奔进厨房里去了。

"放开我！"盼云低声说，恼怒地睁大眼睛，"你在干什么？"

"明天下午两点钟，我在青年公园大门口等你！"他压低声音，急促地、命令性地说，"我有很多话要对你说，你一定要去！"

"你明知道我不会去，"她静静地说，"我也不想听你任何话！你该对可慧认真一点！"

"你明知道我从来没有对可慧认真过，你明知道我每天为你而来，你明知道我混一个下午只为了晚上见你一面，你明知道……""不要再说！"她警告地说，"放开我！"

他把她握得更紧。"如果你不答应明天见我，我现在就放声大叫，"他一个下午的犹疑都飞了，他变得坚定果断而危险，"我会叫得满屋子都听见！我要把我对你的感情全叫出来！"

她张大眼睛，不敢相信地瞪着他。

"你疯了！"她说。"是的，相当疯！"他紧盯着她，"你去吗？"

"不！"他一下子放开了她的手，转过身子，他张开嘴就大叫了起来："我要告诉你们每一个！我……"

"住口！"盼云抱紧了尼尼，浑身颤抖着，脸色白得像纸，"住口！我去！我去！"他回过身子来，眼底燃烧着火焰，他威胁性地说："如果到时间你不去，如果你失约，我还是会闹到这儿来！不要用安抚拖延政策，你逃不开我！"

她的脸更白了，她瞪着他的眼睛里盛满了恐惧和惊惶。她的嘴唇微颤着，轻声地吐出了一句："你是个无赖！"

可慧奔了回来，有些紧张地问："是你在大叫吗？高寒？你叫什么？"

"没事！"高寒回头对可慧说，"尼尼咬了我一口，没事！你还是快些帮我弄杯柠檬汁吧，我渴死了！"

"噢，我在切柠檬呀！"可慧喊着，笑着，又奔回了厨房。

盼云看着这一幕，可慧消失了身影时，她盯着高寒的眼光变得严厉而愤怒。

"你不只是个无赖，而且是个流氓！"她说。

他动也不动地站着，继续盯着她。

"明天下午两点钟，在青年公园门口！"他再肯定地说了句，"不管你把我看成无赖还是流氓，我会在那儿等你，你一定要来！"她狠狠地看了他一眼，不再说话，她抱着尼尼转身上了楼。这天晚餐桌上，盼云没有下楼吃饭，虽然奶奶下了命令，翠薇带回来的仍然只有一句话：

"她说她不舒服，她坚持不肯下楼！"

高寒望着满桌的菜，心脏突然就痉挛了起来。可慧把蛋饺肉丸鱼片堆满了他的碗，他下意识地吃着，什么味道都没尝出来。饭后，他几乎立即告辞了，他没有错过"埃及人"的练唱。

这不是星期天也不是任何假日，天气也不好，一早就阴沉沉的，天空是一大片一大片的灰蒙蒙。因此，青年公园门口几乎一个人都没有，那石椅石墙，冷冰冰地竖立在初秋的萧瑟里。高寒没有吃午餐，他十二点多钟就来了，坐在那石椅上，他痴痴呆呆地看着从他眼前滑过去的车辆，心里像倒翻了一锅热油，煎熬的是他的五脏六腑。生平第一次，他了解了"等待"的意义。时间缓慢地拖过去，好慢好慢，他平均三十秒看一次表。她真的会来吗？他实在没把握。在那焦灼的期盼和近乎痛苦的等待里，他忽然对自己生出一份强烈的怒气。他怎会弄得这么惨兮兮！那个女孩并没有什么了不起，并没什么了不起！她仅仅是脱俗一些，仅仅是与众不同一些，仅仅是有种遗世独立的飘逸，和有对深幽如梦的眼睛……噢，他咬嘴唇。见鬼！他早就被这些"仅仅"抓得牢牢的了。回忆起来，自己有生以来最快乐最快乐的一刹那，让他感到天地都不存在的那一刹那，是和盼云共同弹奏演唱那支《聚也依依，散也依依》的一刻。

好一句"聚也依依，散也依依"！聚时的"依依"是两情依依，散时的"依依"是"依依"不舍！人啊，若不多情，怎知多情苦！高寒，你是呆瓜，你是笨蛋，你是浑球……才会让自己陷进这样一个深不见底的深井里！你完了！你没救了！你完了！再看看表，终于快两点了。他再也坐不住了，站起身来，他在公园门口来来回回地踱着步子，走了不知道多少趟。伸长脖子，他察看每一辆计程车，只要有一辆车停车，他的心就会跳到喉咙口，等到发现下车的人不是她，那已跳到喉咙口的心脏就立即再沉下去，沉到肋骨的最后一根！……他做了四年多的医科学生，第一次发现"心脏"会有这样奇异的"运动"！两点三分，两点五分，两点十分，两点十五分……老天，她是不准备来了！他烦躁地踢着地上的红砖，心慌而意乱。两点以前，曾希望时间走快一点，奇怪两点为什么永远不到。现在，却发疯般地希望时间慢一点，每一分钟的消逝，就加多一分可能性：她不会来了！他看表，两点二十分，两点半……他靠在石墙上，恼怒而沮丧，她不会来了，她不会来了，她不会来了！他闭上眼睛，心里在发狂似的想：下一步该怎么样？闯到钟家去，闯上楼去，闯进她房间去……天知道，她住哪一间房间？

"高寒！"有个声音在喊。

他迅速地睁开了眼睛，立即看到了盼云。她正站在他面前，一件暗紫色的绸衣迎风飘飞，她的长发在风中轻扬，她站着，那黑淀淀的眼珠里沉淀着太多的不满、愠怒与无奈，她瞅着他，静静地，像一个精雕的瓷像，像一个命运女神……命运女神。他咬咬牙，真希望从没见过她，真希望这世界上根本没有她！那么，高寒还是高寒，会笑、会闹、会玩、会交女朋友的高寒！绝不是现在这个忽悲忽喜、忽呆忽惧的疯子！"我来了，"盼云瞪着他，"你要怎样呢？"

他醒悟过来，站直了身子。

"我们进去谈！"他慌忙说。

走进了青年公园，公园里冷冷落落的，几乎没有几个游人。她默默地走在他身边，紧闭着嘴唇，一言不发。他也不说话，低着头，他看着自己的脚尖，看着脚下的泥土和草地，他还没从那蓦然看到她的惊喜中恢复过来。

他们不知不觉地走进了密林深处，这儿有个弯弯曲曲的莲花池，开了一池紫色的莲花。池畔，有棵不知名的大树，密叶浓荫下面，有张供游人休息的椅子。

"坐一下，好不好？"高寒问，他对自己那份木讷生气，他对自己那小心翼翼的语气也生气。

她无可无不可地坐下了，脸色是阴暗的，像阴沉的天气，一点儿阳光也没有。他看了她好一会儿，努力在整理自己凌乱的思绪。

"听我说，高寒，"她忽然开了口，抬起头来，她的眼光黑黑地、深深地、暗暗地、沉沉地盯着他，这眼光把他的心脏又在往肋骨的方向拉，拉扯得他心中发冷了，"你实在不该这么鲁莽，你也没有权利胁迫我到这儿来。我们今天把话说清楚，这是唯一的，也是仅有的一次，我来了，以后，再也不会有第二次！"他定定地望着她。"我就这么讨厌吗？"他低问，眼睛里燃烧着火焰，他的语气已相当不平稳。"不是讨厌，而是霸道。"她说，眼光变得稍稍柔和了一些，蒙蒙地浮上一层薄薄的雾气。"高寒，"她沉声说，"你弄错了对象。你完全弄错了。我不是那种女孩子。"

"不是哪一种女孩子？"他追问。

"不是可以和你玩、笑、游戏的女孩子，也不是可以和你认真的女孩子，我哪一种都不是。"她摇摇头，有一缕发丝被风吹乱了，拂到她面颊上。她的眼睛更深幽了。"我经历过太多的人生，遭遇过生离死别，这使我的心境苍老，使我对什么……都没兴趣了，包括你，高寒。"

他震动了一下。"看样子，我们在两个境界里，"他咬咬牙，"我这儿是赤道，你那儿是北极。""赤道上的女孩子很多，"她慢慢地接口，声音温柔了，她在同情他，像个大姐姐在安抚不懂事的小弟弟，"像可慧，她对你一往情深，你不要错过幸福，高寒。可慧是多少男孩子梦寐以求的。我请你帮我一个忙，绝对不要伤害可慧。"

他瞅着她，眼里的火焰更炽烈了。

"我没有能力伤害可慧。"他打鼻子里说。

"是吗？""因为我先被伤害了！受伤的动物连自卫的能力都没有，还谈什么伤害别人！""高寒！"她喊，有些激动，"你简直有点莫名其妙！我们本就属于两个世界，彼此相知不深，认识也不深，你像个愚蠢的小孩一样，只知道去追求得不到的东西！哪怕那样东西根本不值得去追求……""慢一点！"他忽然叫了一声，把手一下子盖在她的手上，他的手大而有力，紧紧地握住了她的手。"听我说，我知道我看起来像个傻瓜，我知道我鲁莽而霸道，我知道我对你而言是个害了初期痴呆症的小孩子！可是，听我！别说话！我们在家畜店门口第一次相遇，你对我而言，只是个偶然闪过的彗星，我从没有梦想过第二次会和你相遇。在钟家再见到你，是第二个'偶然'。但是，听你弹那支《聚散两依依》的时候起，我就被你宣判了终身徒刑！你可以嘲笑我，可以骂我，可以轻视我，可以不在乎我……我今天一定要说清楚！从那一天起，每次去钟家，不为可慧，只为你！我知道你的故事，你不必再重复，我知道你的身份，你也不必再提醒我，我什么都不管！你的过去我来不及加入，你的未来必须是我的……"她目瞪口呆，怔怔地望着他。

"你有没有一些自说自话？"

"我是自说自话！但是你已经听进去了！"

"你有些疯狂！"她喘了口气，"高寒，感情要双方面的，我的心早就死了！可惜你来不及加入我的过去，偏偏我只有过去而没有未来！……""你有的！"他激烈地说，脸涨红了，他捏紧了她的手，捏得又用力又沉重，"只要你把你心里那扇封闭的门重新打开！你知道你是什么？你并不仅仅是个寡妇，最严重的，你已经成为自己的囚犯……"她大大一震。对了！心囚！这就是自己常想的问题。他对了，他已经探测到她内心深处去了。她确实是个囚犯，是自己的囚犯，她早就为自己筑了一道坚固的牢房、无法穿越的牢房。"你封闭你自己！"他继续喊着，激烈地喊着，"你不许任何人接触到你的内心，这就是你的毛病！但是，即使你坐在你那座监牢里，你仍然无法让你自己不发光不发热，就是这么一点点光和热，你就无意地燃烧了别人！是我倒霉，是我撞了上来，傻瓜兮兮地被这点光和热烧得粉身碎骨！你骂我吧，轻视我吧……我更轻视我自己。为什么要受你吸引？为什么要和你去谱同一支歌？我贱，我没出息，所以我该受苦！你安心要坐牢，我凭什么去为你打钥匙？我恨我自己！你不知道有多恨！恨我自己！恨那个买小尼尼的午后，恨那个认识钟可慧的舞会，恨那个走进钟家的黄昏，恨那支《聚散两依依》的歌！我更恨的是你！你不该这样飘然出尘，不该这样充满感性和灵气，不该这样清幽高贵，更不该懂得音乐，懂得歌！而且，当我站在钢琴边弹吉他的时候，你就该一棍子把我打昏，而不该用你那对发亮的眼睛来看我……"

她扬着眉毛，微张着嘴。越听越稀奇，越听越困惑，越听越感动……她的眼眶湿了，视线模糊了。他那强烈的表达方式使她招架不住，他那激动的语气和炙热的眼光使她完全昏乱了，迷惑了。她凝视着他，从主动被打成了被动，她不能思想，不能分析了。她只是瞅着他，一瞬也不瞬地瞅着他，眼里泪雾弥漫。"噢，又来了！"他大大地叹了口气，"你这样的眼光可以杀掉我！"于是，猝然间，他就把她拥进了怀里，他的嘴唇热烈地压在她唇上。一阵烧灼的感觉烫进她内心深处，她更昏乱了，更迷惘了，更不知身之所在了。他的胳膊强而有力，他的胸怀宽阔而温暖，他的嘴唇湿润而热切……她闭上眼睛，眼泪滑下来了，流进了两个人的嘴中，热热的、咸咸的。她的心在飘浮，飘浮，像氢气球似的膨胀，上升，一直升到云层深处。忽然，有片树叶飘落下来，那轻微的坠地声已使她心中一震。立刻，思想回来了，意识也回来了。贺盼云！她心底有个声音在大叫着，你在干什么？你忘了钟文樵吗？你忘了你是谁吗？你是可慧的小婶婶哪！你早已无权再爱与被爱了，尤其是面前这个男孩子！她用力推开他，挣扎着抬起头来，他双目炯炯，亮得耀眼。他的手强劲地箍着她，不允许她挣扎出去。低下头，他再找寻她的嘴唇。"放开我！放开我！有人来了！"

"我不管！"他任性地说，手臂的力量更重了，"只要我一放开你，你又会把自己锁起来！"

是的，她会把自己锁起来，但是，她锁她的，关他何事？她拼命挣扎，在他那越来越紧的束缚里生气了。有种近乎绝望的犯罪感抓牢了她，她恼怒地低喊。

第五章

　　"你放不放手？""如果我放手，"他盯着她，"你答应不逃走，答应坐下来好好谈下去？""好！"他放开了她。立刻，她举起手来，想也没想，就给了他狠狠的一个耳光，转身就预备走。他一伸手，拉住了她的胳膊，她大怒，对自己的怒气更超过了对他。为什么要受他蛊惑？为什么要听他说这些？为什么要掉眼泪？为什么要让他吻她？为什么要赴这次约会？你明知道他是个什么事都做得出来的危险分子！"你怎么说话不算话？"他叫着，用力摇撼着她的胳膊，他脸上清楚地浮起了她的指印。他被触怒了，瞪大了眼睛，他愤怒而狂暴："我告诉你，从没有人打过我！你凭什么？你以为你是清高的女神吗？你不肯承认你也只是一个女人，一个能被打动的女人！……"她大大地被刺伤了。是的，她只是个女人，几句花言巧语、几句有技巧的恭维就足以软化她的感情，闯入她那牢牢关闭的内心去！她只是个虚荣、软弱、没有骨气的女人！她打了个冷战，脑子里飞快地闪过了一句话：人必自侮而后人侮之！贺盼云！你是自取其辱！

她咬紧牙关，用出全身的力量，对高寒重重地一推，高寒正站在一块斜面的岩石上，完全没有料到她会推他，更没料到这一推竟有这么大的力量，一个站不住，他滑了下去。"扑通"一声，他就摔进了莲花池里。

她只愣了两秒钟，附近已有人奔过来了。她看了那正爬上岸来、满身狼狈的高寒一眼，就迅速地拔开脚步，对公园外直冲而去。她直接回到了钟家，把自己锁进了卧房里。躺在床上，她神思恍惚，像患了热病，她眼前全是纷纷乱乱的人影。一会儿是文樵在责备她负心，一会儿是高寒在诉说他如何"恨"她。她闭上眼睛，关不掉这两张面孔，用被蒙着头，也遮不住这两个人影。最后，她坐了起来，把小尼尼抱在怀里，面对尼尼那乌黑的眼珠，她脑子里又响起了一句话：

"我这人有毛病，如果有犯罪感就会失眠……"

谁说的？多久以前？噢，是高寒说的！在那家家畜店门口！为什么还记得这种小事？为什么那么久远的一句话还印在她脑海中？她用力地甩甩头，甩不掉那人影、那声音，她咬住嘴唇，咬得嘴唇都痛了，那痛楚感只加重了心底某种柔软的酸涩："我恨我自己！恨那个买小尼尼的午后，恨那个认识钟可慧的舞会，恨那个走进钟家的黄昏，恨那支《聚散两依依》的歌……"她再用力甩头，强迫自己去想他最后说的那句话："你以为你是清高的女神吗？你不肯承认你也只是一个女人，一个能被打动的女人！……"

她走到梳妆台前，镜子里有一对迷失的眼睛。迷失，但是清亮。她的面颊和嘴唇都反常地红润，红润得几乎是美丽的。她恨这美丽！躲开了镜子，她走到窗前去凭吊黄昏，面对着一窗暮色，她模糊地体会到一件事：那心如止水的岁月已经被打破了。晚餐时，出乎意料，高寒没有出现。可慧心烦意躁，什么都不对劲，怪何妈的蹄髈没烧烂，怪翠薇没答应她买件披风，怪奶奶拿走了她的长围巾……盼云和平常一样，几乎什么话都没说，但是，心里在狐疑地不安着，天气相当凉了，那莲花池的水大概又脏又冷吧！她怎能把人推进莲花池？是的，一个下午，她做了许多人生以来第一次做的事：第一次打人耳光，第一次把人推入莲花池，第一次和人在公园中接吻……饭后，电话铃响了。可慧像射箭般直冲到电话机前面，抓起了听筒。盼云悄眼看她，她脸上的乌云已如同奇迹般消失了。她对着听筒又笑又叫：

"噢，高寒，你一个下午跑到哪里去了？怎么不来我家吃晚饭？何妈给你烧了你爱吃的蹄髈，好香好香呵！你活该吃不着！什么？莲花落？你去唱莲花落？你落魄了？落魄得唱莲花落？……"盼云抱起尼尼，把面颊藏在尼尼的长毛里，想笑。可慧仍然在电话中和高寒扯东扯西。

"我们看电影去，好吗？"可慧在说，"你来接我，什么？我家有老虎会吃你？什么？你感冒了？什么？你是伤风感冒人？喂喂，高寒，你到底在说些什么？怎么永远没正经的时候嘛！嗯，嗯，嗯……"她一连"嗯"了好几声，沉默着。盼云不由自主地抬眼看她，她脸上有着深思的神情，眼珠悄悄地转动着，用手绕着电话线。然后，她忽然抬头，直视着盼云，盼云的心猛地跳了跳。可慧已把听筒对着盼云一举，说："他说要跟你说话！""谁?"她吓了一跳，明知故问，脸却发白了。"高寒哪！"可慧叫着说，"这个人怪怪的，他约我明天出去，说有重要的话要跟我说！他找你，他说他作了支《莲花落》，要问你什么谱啊词啊的，我也听不清楚……反正他要跟你说话！"盼云放下尼尼，走了过去，心里七上八下，脑子里紊乱如麻，拿起听筒，她"喂"了一声，立刻，听筒里传来高寒的声音："听着！你可恶到了极点，我从没碰到过比你更可恶更莫名其妙的女人！你让我又丢脸又狼狈！我气得真想……真想……真……他妈的！"他吸了口气，声音顿时变得又低又柔又沉又真挚："盼云，我想你。"

她一下子咬紧了嘴唇，又有泪雾往眼里冲去。她觉得室内有对眼光正锐利地对她射过来，她心慌意乱地看过去，是文牧！她转了一个身子，面对着墙，握牢了听筒，她又听到他的声音："我知道你不方便说话，所以，什么都别说。我已经约了可慧明天下午去咖啡馆谈话，我会明白告诉她，听着！我会尽量说得婉转，不会伤害她的……"

"高寒，"她低声地，急促而焦灼地说，"不可以。"

"这是我的事，用不着你管！你告诉我的话，我都听到了……""我没说话呀！"她愕然。

"你心里说了，你骂我粗鲁、野蛮、大胆而危险！最最可恶的是说了那句话，让你受伤了！说你只是个女人！盼云，我并不是侮辱你，而是一句真心话，为什么要当高高在上的女神呢？欢迎你回到人间来，你知道吗？你美好温存，应该是个十足的女人！"她重重地呼吸，简直说不出话来。

"不多说了，明天晚上我要去电视公司录影，大概八点钟录完，我八点钟在电视公司门口等你！"

"我……"

"不要多说！你不来，我就不离开那儿。明晚见！"

"喀啦"一声，电话收了线，她挂断电话，回过头来，心里乱糟糟的，脑子里也乱糟糟的。她对室内扫了一眼，就低下头往楼上走去，才上了两级楼梯，可慧已像阵旋风似的卷到她面前来，一把握住了盼云的手，她笑嘻嘻地、娇弱弱地、羞怯怯地低问："他跟你说什么？他跟你说什么？"

盼云站住了，有种做贼被当场抓住的感觉。她凝视着可慧，可慧那天真幸福的脸庞上只有甜蜜的羞涩。

"他跟你谈我吗？"她渴望地低问。

"是……是的。"盼云嗫嚅着，"他说，他约你明天下午去咖啡厅，你们——要去哪儿？"

"杏林。""哦，"她顿了顿，"有他的电话号码吗？我要打个电话告诉他歌谱的事。""好。"可慧立即报出了电话号码。一面热心地、恳求地说："你要帮他啊，他要上电视呢！"

盼云点点头，继续往楼上走，可慧紧拉着她的手，也跟着上了楼。当楼下的人都看不见了，当她们走进了盼云的卧房，可慧才忽然关上房门，忽然小鸟依人般钻进盼云怀里，抱着盼云的腰一阵旋转，她轻笑着说：

"小婶婶，如果他向我求婚，我怎么办？"

盼云怔在那儿了。可慧仰起她那充满阳光的脸庞，她美丽的眼珠闪着光彩，她低声地、轻柔地、仿佛被幸福胀满必须要人分享似的，她红着脸说：

"小婶婶，我告诉你一个秘密，连爸爸妈妈都不知道的秘密。我爱他！我全心全心全心地爱他！我会嫁给他！"

高寒走进"杏林"，放眼看去，想找个没有人的角落，比较容易谈话。他已经筹划好了开场白，已经背熟了要说的句子。虽然，他心里也明白，这种谈话是相当困难的。或者，他该写封信，避免这种面对面的尴尬。可是，又怕信里写不清楚，反而伤人更深。总之，今天要和可慧打开窗子说亮话；总之，今天要把一切说得清清楚楚；总之，要把这个"误会的爱情"解除掉！他的眼光扫到屋子左边靠墙的一角，有个女人坐在那儿，长发拂在肩头，双目盈盈如水！正对他这儿凝视着。他的心脏又在违反医学原理地胡乱运动，他的头里一阵嗡嗡然，是盼云！她怎会在这儿？又一次"偶然"吗？盼云在对他点头招呼。他很快地走了过去，在盼云对面的椅子里一坐，伸手就去握盼云放在桌面的手，盼云飞快地把手抽了回去，睁大眼睛说："坐好！"他身不由己地坐正了身子，侍者走过来，他叫了一杯咖啡。望着盼云，她穿了件灰色的绸衣，面容沉静温柔和煦，飘飘然如一片薄薄的云絮。盼云、盼云、盼云……他在心底低呼她的名字，你不知道你自己有多吸引人！你不知道你的魔力，盼云、盼云、盼云！

"高寒，"盼云开了口，"你听好，我一个早上打电话给你，你都不在家，我只好来这儿等你。我马上要走，可慧大概快来了!"哦,可慧,对了,这是他和可慧的约会。

"你怎么来的?"他问。

"可慧告诉我你们要在这儿见面!"

"哦!"他应着,瞪着她,"告诉你一件糗事,莲花池里有好多小蝌蚪,把我的背当音乐纸,写了我一背的乐谱,你信不信?""不信。"她简单地说,深深呼吸,面色变得非常沉重而严肃,"高寒,我有很重要的话要跟你讲,你能不能安静两分钟,听我说完!""好!"他咬咬牙。侍者送来了咖啡,他下意识地放糖,倒牛奶。盼云看看手表,有些急促,她没时间再整理自己的措辞,可慧快来了。她很快地说:"高寒,你不能拒绝可慧!"

他立即抬起头来,盯着她。

"什么意思?""你答应我,和可慧好下去!"她迫切地说,迫切得近乎恳求,"你会发现,她有很多很多的优点,你会发现,她比你想象的更可爱!"

他推开了糖罐,杯子和小匙发出一阵撞击的叮当。他眯了眯眼睛,眼底有阴郁的火焰在燃烧。

"你来这儿,就为了告诉我这几句话?"他低沉地问,声音里有着压抑的怒气。"是的!"她说,眼光里的恳求意味更深了,"为了我,请你继续和她好下去!""为了你?"他提高了声音。

"是的。如果你伤害了可慧,我这一辈子都不会饶恕你,我会恨你。高寒!"他紧紧地盯住她,眼珠一转也不转。

"你知道你在对我说什么吗?这比你打我一耳光、推我进莲花池更凶更狠更残忍！你要求我去爱另外一个女孩子，换言之，你不要我！你用最高段的手腕来拒绝我，存心把我打进十八层地狱里去……""不！不！"她急急地解释，急急地想安慰他，"并不像你所想的，我有苦衷，高寒，晚上我再跟你解释。如果你希望我晚上去赴约，你现在就要答应我的要求。你不可以和可慧摊牌，如果你说了，我晚上也不去了。"

"你在威胁我？""是。""你是说，如果我和可慧分手，我也不能和你交朋友？"

"是。""你——"他咬牙，狠狠地看她，眼底的怒气更深了，"你在鼓励我一箭双雕吗？"

她惊跳。"你怎么说得这么难听？你明知道我不是这种意思……"

"那么，我和可慧'好'了以后，你也肯和我'好'吗？我能一面和可慧谈恋爱，一面和你谈恋爱吗？"

"你……你不要胡说吧！"

"胡说！"他拍了一下桌子，引得客人都惊动了，盼云慌忙伸手在他手上压了压，立即，他一反手握住了她，"盼云，你在骗孩子？你把我当几岁？'娃娃，别哭，你先吃巧克力，吃完巧克力再给你蛋糕！'其实，根本就没有蛋糕了。小孩子不知道，吃了巧克力也没蛋糕，不吃巧克力也没蛋糕！对不对？"她张大眼睛，凝视高寒。

"今天，不管我是接受可慧，还是拒绝可慧，你反正预备退到一边去了，对不对？"他紧逼着她，"如果你真想逃开我，你也就少管我的事！我爱拒绝谁，我爱跟谁好，与你都没有关系，不用你来管！"他用力甩开她的手，气呼呼地沉坐在沙发中喘气。"可是……可是，高寒，"她挣扎着说，"你……你是先认识可慧……""我先认识你！"他冷冷地接口。

"啊？""别说你忘了家畜店前的一幕！别说你忘了尼尼是怎么来的！""好吧，"她忍耐地咽了一口口水，"就算你先认识我，你却先追了可慧……你要对她负责任！"

"我没有'追'她！"高寒暴躁地低嚷，"什么叫作'追'？我没说过我爱她，我没有吻过她，我没和她做过任何超友谊的行为，怎么叫作'追'？难道我和一个女孩跳跳舞，看看电影，逛逛马路……就要谈到负责任！如果这样，我高寒起码该对二十个女孩负责任了！"

"好好，不要吵，不要叫！"盼兮轻蹙起眉梢，"我不该提责任两个字，好吗？算我说错了，好吗？高寒，听我说——"她深深地注视他，"可慧昨晚到我房里来，她告诉我，她全心全意地爱你！""呃！"高寒顿了顿，"所以，我今天要跟她说清楚！所以……""所以你今天不许说！"

"怎么？"高寒恼怒地望着她，"谁派你来做月下老人的？"他咬牙切齿，"你很轻松，很愉快，是不是？你很高兴来扮演月下老人？把我这个烫手的山芋丢到别人怀里去！如果我跟可慧好了，你就会快乐了，是不是？"

她低下头去，不说话。

"是不是？"他厉声追问，声音里有风暴的气息。

她看了他一眼，忽然觉得自己来这一趟相当多余，觉得自己天真而幼稚。她抓起桌上的小皮包："我要走了。我管不着你，随你怎么做！我要走了，可慧该来了，我不想让她看到我！"

"坐下！"他压住她的手腕，"我们的话没谈完！"

"让我跟你谈完！"她忽然心头冒火，郁怒和无奈像两股洪流从她心中汹涌而至。她飞快地说："我跟你讲清楚，你和不和可慧好，是你们的事！你和她好也罢，你不和她好也罢，我发誓不再和你来往！你也请尊重些，再也不要来找我！今天晚上，我也不会去电视台！我不干涉你的一举一动，你也不要来纠缠我！"她站起身，转身欲去。他一伸手，死死地攥住了她的手腕。她抬眼看他，在他那充满怒气的眼光中，有一种近乎绝望的悲痛。他压低声音，沉重而迅速地说：

"如果我确实对你而言，只是一种负担。如果我确实在你心里，一点点分量都没有。那么，你走吧！我也发誓不会再纠缠你！"她怔着，凝视着他。他沉重地呼吸，那"等待"快要把他五脏六腑都煎熟了。她继续看他，他已经放开了手，故作潇洒状地去喝咖啡，他的手微微一颤，咖啡泼出来，沾湿了他胸前的狮身人面像。他咬牙低低诅咒，把咖啡杯放回盘子里，杯子撞着盘子，又泼了一半。她看着看着，她的脚步就是跨不开来，她心中热烘烘而又酸楚楚地绞痛着。在这一刹那间，她终于衡量出了自己对他的感情！那不愿承认、不肯承认的感情。贺盼云，你不必自命清高，你也只是个女人！只是个能被打动的女人！高寒小心翼翼地拖了一张椅子到她身边，小心翼翼地说了句："坐下吧！我给你重叫一杯热咖啡！"

她被催眠般坐了下去。

他一下子扑伏在桌上，把头埋进了手心里，如释重负地透了口气。很快地，他抬起头来，招手叫侍者，重新点了两杯咖啡，他的眼睛亮晶晶而且湿漉漉。侍者走开了，他伸手握住了她的手，给了她紧紧紧紧的一握。

"什么都别再说了，盼云。"他温柔地低语，"让我来安排，我是男人。""哦！"她醒了过来，惊慌地抬起头，"不行，不行！高寒，不行！""什么不行？我们不要绕回头，好吗？"

"你不能伤害可慧，是你让她'以为'你爱上她的……噢！"她没说完她的话，"糟糕，她来了！我要先走一步，噢，来不及了，她看到我们了！"真的，可慧正穿着一身鲜红的衣裳，像一簇燃烧着的火焰，直扑了过来。她笑着，心无城府而充满快活，她脚步轻快，行动敏捷。她一下子就溜到了他们的桌边，微带惊诧地看看高寒再看看盼云，笑容始终挂在她的唇边，她笑着问："你们两个怎么会在一块儿？哦，我知道了！"她恍然大悟地看着盼云，"你帮他弄好《莲花落》的歌谱了吗？"

盼云不安地轻咳了一声，匆促地说："我该走了！"

"忙什么嘛？"可慧在她肩上压了压，"再坐坐，你回家也没事做，整天关在屋子里，就不知道你怎么关得住！"她自顾自地坐下来，伸头看他们的咖啡。"我不喝咖啡，我要一杯新鲜柳丁汁。"她注视高寒，深切地注视着高寒："你怎么瘦了？"

"瘦了？"高寒下意识地摸摸自己的下巴，"不会吧？你敏感！""我不敏感，你是瘦了！"可慧固执地说，用吸管啜着刚送来的柳丁汁，"你不只瘦了，而且有点……有点憔悴！对了！就是憔悴两个字。你太忙了，又要应付功课又要练唱又要上电视！"她俯过身去，认真地看他。"你真的感冒了吗？"

"唔，"高寒哼了一声，"没有。"

"就知道你跟我胡扯八道！小婶婶，"她掉头看盼云，"给我看看那支歌！"

"歌？"盼云一愣，"什么歌？"

"你们写的那支什么《莲花落》啊！"

盼云一阵心慌意乱，本能地又想逃避了。

"我必须先走一步了。"她盯着高寒，"你们'好好'谈啊！"

高寒听出她的言外之意，看到她那警告的眼神，蓦然间心头一震，她又想逃了！他忽然觉得这一团纠结的乱麻，如果不狠心用剪刀给它一阵乱剪，就永远理不清楚了。迅速地，他沉声说："不要走！盼云！"盼云一惊，可慧也震动了。可慧诧异地看高寒，心里有种模糊的警惕。盼云直觉到空气中的紧张，伸手抓起了桌上的皮包，还来不及移动身子，高寒的手已经重重地盖在她的手上，压住了她的手和那个皮包。"高寒！"可慧诧异极了，张大眼睛惊呼，"你在干什么？不要对小婶婶不礼貌，她是不开玩笑的！"

"我没有开玩笑！"高寒正色对可慧说，"我一生最不敢开玩笑的就是对她！我一生最认真的就是对她！我早就想告诉你了，但是……""高寒！"盼云悲痛地低喊，"不要太残忍，高寒！请你不要再说了！"可慧的眼睛睁得那么大，睫毛整排往上扬着。她心中迷糊极了，混乱极了，惊异极了……以至于连思想的余地都没有。她看高寒，看盼云，轮流看着他们两个。心里隐隐有些明白，又完全不愿去相信它。她张着嘴，错愕而结舌地问："你们到底在干什么？你们……你们讲的话，我都……我都听不懂……"她的嘴唇发抖了，她的心开始战栗起来，她那女性的直觉和纤细使她越来越体会出一些可怕的事，她不愿也不能相信的事！"可慧，"高寒把头凑近了她，温柔、坚定、勇敢而"残忍"地说，"请你帮我一个忙，帮我去追求你的小婶婶，因为——我爱她！"可慧定定地看着高寒，眼底是一片迷惘的空白，她面颊上的血色倏然消失，白得像一张纸，嘴唇紧闭着，呼吸急促而不稳定。盼云的手心冰冷，全身的血液都在凝结。高寒！你这残忍的、没有人性的浑球！

"可慧！"盼云挣扎着说，"你不要听他的！高寒在跟你开玩笑！你知道，他……他……他从来没有一句正经话……"眼泪在她眼眶中打转，她伸手去握住可慧的手："你知道他爱开玩笑……你……"可慧掉过眼光来看盼云，她嘴唇上的血色也消失了。

"是的……"她清清楚楚地说，"我知道！"

"你知道，是吗？"盼云急切地要安慰她，急切地要稳定住那只在自己掌心中发抖的小手。"你知道高寒最爱胡说八道，最喜欢开玩笑，什么人的玩笑都开……"

"盼云！"高寒咬牙说，"不要这样子！不要再戴上假面具，我们三个既然已经面对面了，大家就把实情都抖出来！我再也不能演戏，再也不能利用可慧……"

"高寒！"盼云阻止地叫。

"可慧，"高寒不顾一切地说，"我抱歉，我抱歉，我抱歉到极点。自从在你家见到盼云以后，我就完了！坦白说，我心中再没有容纳过其他的女人！"

盼云闭了闭眼睛，只觉得头晕目眩。再睁开眼睛的时候，她发现可慧仍然注视着她，深深地注视着她。可慧那大大的黑眼珠怪异而迷蒙。她很平静，平静得几乎让人诧异。伸出手来，她非常温柔非常温柔地用手指去触摸盼云的眼角，抹去了一滴泪珠。"小婶婶，"她柔声说，"你为什么哭？"

盼云的心痉挛着，混乱地望着可慧。可慧的温柔使她更加痛苦，更加有犯罪感，更加惭愧而自责了。她噙着泪，低低地说了句："可慧，原谅我！"可慧点点头，细心地再抹去她眼角的泪珠，她伸手摸了摸她的头发，她瘦削的肩，和她那冰冷的手指。她再度用最最甜蜜和温柔的声音说："小婶婶，我知道了。我终于知道什么叫猫哭老鼠了，什么叫兔死狐悲了。你知道吗？"她微笑起来，好动人好动人的微笑，"你有很美丽的眼泪！"

盼云怔在那儿，面色变得比可慧更苍白了。

可慧转过头来，面对着高寒，她继续微笑着，继续用那温柔甜蜜的声音说："你为什么对我抱歉？永远不需要对我抱歉！我从来就没有扮演过愁苦的角色，也从不需要任何安慰与同情！以前不需要，以后也不需要！"推开了面前的柳丁汁，她站起身来，把手提袋甩在背上，她的姿态优美而潇洒。回过头来，她再对盼云嫣然一笑："怪不得你昨天问我在什么地方和高寒见面！怪不得你向我要电话号码！我懂了。小婶婶，我学得太慢了！爸爸一直说我是天真的傻丫头！"她走过去，抱着盼云的肩膀，俯在她耳朵上再悄悄说了一句："活着的还是比死去的有意义，是不是？"说完，她飞快地转过头，飞快地奔出了"杏林"。

盼云仍然呆在那儿，不能笑，不能说话，不能思想，不能移动……有一个短暂的瞬间，她脑子里是一片空白，然后，她倏然醒觉，心底有股强烈的震动和痉挛，她满怀痛楚，头脑却难得地清晰。"高寒，"她急切地说，"你去追她回来！快去！她会出事！"

高寒想了两秒钟，立刻跳起身来，他奔出咖啡厅，找寻着可慧的踪影。仁爱路上车水马龙，这正是下班时间，车子拥挤得一辆接一辆，他在人行道上搜寻，没看到可慧，放眼对街道对面看去，有个红色身影正在穿越马路，他大声叫喊："可慧！可慧！"那红色的小身影回头了一下，他几乎看到可慧那好温柔好温柔的微笑，那微笑里有着各种含意，甚至有股调皮的嘲弄。然后，他看到可慧像个游泳选手练跳水似的，忽然纵身对那些车海飞跃过去。高寒的血液都冻结了。张开嘴，他狂呼着："可慧！"同时，盼云也跑出来了，站在高寒身边，她正好看到这一幕，她尖叫着："可慧，任何惩罚！除了这一件！"

她扑过去，狂乱地扑过去，一阵大大的混乱，刹车声、碰撞声、尖叫声、人声、车声、玻璃破碎声混杂在一起，好几辆车子连环撞成一堆。高寒一个直接反应，拦腰就抱住了盼云，才阻止了她也投身车轮底。"放开我！放开我！"盼云挣扎着，推开了高寒，她直奔过去，一眼看到，在一堆撞得乱七八糟的车辆破片中，是可慧那小小的身子，她的红衣和血液混成了一片刺目的鲜红，她的头仰躺着，面孔居然美好而没受伤。盼云把拳头伸进了嘴里，用牙齿紧咬住自己，在这一瞬间，她看到的不只是躺在血泊里的可慧，还有躺在血泊里的文樵。她摇摇晃晃地走过去，跪下来，伸手抱起可慧的身子，她把头埋在可慧的胸前，那心脏还在跳着，她的泪水疯狂地涌出来，她哭着喊："可慧，求你不要死！求你不要死！求你不要让我连赎罪的机会都没有！可慧，只要你不死，要我怎么样都可以！要我怎么样都可以……"

第六章

　　手术室的门关着，医生、护士，川流不息从门内走出走进，血浆、生理盐水不断地推进门去。那扇门，已经成为大家注意的焦点。盼云坐在椅子上，眼光就直勾勾地瞪着那扇门。等待室里有一个大钟，钟声嘀嗒嘀嗒地响着，每一响都震动着盼云的神经，她觉得自己已经快要崩溃了。在她内心，只是反复地、重复地呐喊着一句话：

　　"可慧，求求你活下去！可慧，求求你活下去！只要你活着，要我怎么样都可以！求求你！可慧！求求你！"

　　这种呐喊已经成为她意志的一部分、思想的全部，她所有的意识，能活动的脑细胞，都贯注在这一个焦点上：可慧，活下去！钟家的人全到齐了，整个等待室里却鸦雀无声。文牧一直在抽烟，一支接一支地抽。翠薇哭得眼睛又红又肿，已经没力气再哭了。奶奶庄严地坐在屋子一隅，始终是最冷静而最镇定的一个，她一语不发，连手术室的门都不看，她看的是窗外的"天"。高寒也在，从出事后他就没空闲过一分钟，应付员警是他应付的，通知钟家是他通知的。不敢告诉钟家真正的经过，他只说是个"意外"。现在，他坐在椅子的另一端，离盼云远远的。他的眼光不时看看手术室的门，不时看看那已经陷入半昏沉状态的盼云。他心底有个声音在不断地对他低吼着：

"你杀了她们两个！你杀了她们两个！"

早就忘了去录影，早就忘了"埃及人"，他看着血浆的瓶子推进去，看着医生走出走进。学了四年医，也曾在医院实习过，他从没有像这个晚上这样怕看血。几百种懊悔，几千种自责，几万种痛苦……如果这天下午能重过一次！他一定听盼云的话！如果有什么力量能让时光倒流，他愿意付出一切代价，让时光倒流！终于，手术室的门大大打开，大家的精神都一震，医生们走了出来，两个护士推着可慧出来了，文牧立刻迎向医生，翠薇奔向了可慧。"大夫，"文牧深吸了一口烟，"她怎么样？会好吗？有危险吗？""我们已经尽了全力，"医生严肃地说："她脾脏破裂，大量失血，我们已经输了血，至于外伤，腿骨折断，以后好起来，恐怕会有点小缺陷……"

"但是，她会活，是不是？"文牧急促地问。

"现在还不敢说，怕有脑震荡。先住进病房观察，如果二十四小时后没有恶化，就脱离了危险期。"医生深深地看了文牧一眼，"钟先生，不要太着急，她很年轻，生命力应该很强！我想，这二十四小时不会太难过。"

盼云首先歪过头去，用额头抵住墙，强忍住要夺眶而出的泪水。翠薇又哭了起来，看着那满身插满针管的可慧，那脸色和被单一样白的可慧，她哭得心碎神伤："好好的一个孩子，跳跳蹦蹦地出去，怎么会变成这样子？怎么会变成这样子？""翠薇，"奶奶感谢地对天空再望了一眼，回头看着床上的可慧，"别再哭了，放心，她会好起来，咱们钟家，没有罪孽深重到三年之内，出两次车祸！"她到这时才扫了盼云一眼："如果有鬼神，我想，咱们是碰到鬼了！翠薇，别哭了！孩子还活着呢！"翠薇吸着鼻子，就止不住泪落如雨。医生对这些家属再看了一眼，叮嘱着说："病房里不能挤太多人，我们有特别护士照顾她！你们最好留一个人下来，其他都回去。我说过，这二十四小时不会很难度过，你们在这儿，无补于事，还是回家休息吧！尤其老太太，自己的健康也要紧。"

盼云走到床边去。"让我留下来，好吗？"她渴求地看着翠薇，"让我来照顾她！""不。"翠薇擦着眼泪，"我不离开我的孩子，我怎样也不离开我的孩子！""先住进病房吧！"护士说，"大家让开一点好吗？"她推动了病床。办了住院手续，可慧住进了头等病房，翠薇坚持要守着她。盼云站在床脚，只是泪汪汪地对可慧凝视着，她有几千句几万句话要对可慧说，要对可慧解释，可是可慧却了无生气地躺着。那么活泼明朗乐观的一个女孩，那么充满了生命活力和青春气息的一个女孩！她摇头，想起老太太的话了。不，钟家没有罪孽深重，罪孽深重的是她——贺盼云！接触她的人都会撞车，先有文樵，后有可慧！她就是老太太嘴中的那个"鬼"！"让她睡吧！"文牧下了命令，"翠薇，你留在这儿，随时给我们电话。妈、盼云，我们都回去！高寒，"他深沉地看了高寒一眼，"你也回去吧！"

高寒点点头，看了可慧一眼，再看了盼云一眼。可慧的眼睛紧闭着，盼云的眼睛只看着可慧。他无言地咽了一口口水，默默地后退，谁都没有注意他，他悄然地走出了医院。

盼云带着一百种牵挂、一万种懊恨，跟着文牧和奶奶回到家里。奶奶非常理智和清楚，立刻上楼，叫何妈一起去整理可慧在医院要用的睡衣毛巾，准备待会儿给可慧送去。她绝不能在家里等二十四小时，虽然她知道，医生这样说，就等于宣布了可慧脱离危险，但是，不亲耳听到这几个字，她仍然不能放心。可怜，三代传下来，只有这么一个孙女儿！

盼云和文牧单独留在客厅里了。

文牧又燃起了一支烟，盼云斜靠在沙发里，又倦，又累，又担忧，又沮丧，又痛楚……经过了这样十几小时的煎熬，她看来憔悴、苍白，而虚弱。

文牧紧紧地盯着她。慢慢地走近她身边，文牧透过烟雾，仔细地审视盼云。盼云等待着，下意识地等待一个新的风暴。她知道，全家只有文牧，不会相信这是个单纯的"意外"。文牧是纤细敏锐的，是聪明成熟的，是深沉而具透视力的。她逃不掉他的审判！他早就警告过她，要她距离高寒远一点！早就警告过她，可慧是多么热情而激烈的！文牧知道，他一定知道，她就是奶奶嘴中那个"鬼"，把可慧推到车轮底下去的"鬼"！

"盼云，"文牧终于开了口，出乎意料，他的声音温柔、真挚，而诚恳，"不要太担心，让我告诉你，可慧不会有事，她这么年轻，这样充满了生命力，她不会那么容易就结束了生命。放心，盼云，我是她父亲，我绝对有这份信心，她会很快好起来！"她错愕地抬头，泪汪汪地看着文牧。怎么？你不追问我吗？你不审判我吗？你不责备我吗？你不惩罚我吗？难道你不明白，是我害了她吗？

"你看起来神色坏极了。"他叹口气。离开她，他走到餐厅的酒柜边去，倒了一小杯酒，回到她身边，他命令地说："喝下去吧，会让你觉得舒服一点！"

她顺从地接过杯子，顺从地喝了下去。那股暖暖的、热热的、辛辣的液体从喉咙口直烧到胃里去。酒气往脑子里一冲，她有些清醒过来。是了，他给她酒喝，让她振作清醒起来，现在，他该审判她了。

"现在，"他开了口，声音仍然是低沉真挚的，"请你帮我一个忙，上楼去好好睡一觉。我在这儿等消息，翠薇随时会打电话给我！"她更加惊愕地看他，眼睛张得大大的。

"可是……可是……"她终于讷讷地开了口，酒使她胆壮，使她比较能面对真实。

"可是什么？"

"可是，你不想知道经过情形吗？"

他深深地看她，眼神里有着某种惊愕与痛楚。

"都过去了，是不是？"他柔声说，"对过去的事，就不要再提了，等可慧醒过来再说。现在，你去休息吧，家里有一个病人已经够了，我不想再加一个！"

她站了起来，有些感激，有更多的感动。低下头，她看到自己衣襟上还沾着可慧的血迹，斑斑点点，几乎是触目惊心的。她没再说话，只是顺从地上了楼，顺从地把自己关在房中。她想强迫自己不去思想，但是，她做不到。洗了个热水澡，换了件干净的衣裳，她仰躺在床上等天亮。"等可慧醒过来再说！"她脑子里闪过了文牧的话，突然间明白了。审判是迟早要来的，文牧现在放过她，只因为她必须再去面对清醒过来的可慧。不能睡了，再也不能睡了。她坐在床上，双手抱着膝，把头放在拱起的膝头上，她等待着天亮。

黎明时分，楼下的电话铃忽然响了起来，在钟家，电话只装了楼下的总机和文牧房中的分机。在一片死般的沉寂里，这铃声显得分外清脆。她从床上直跳起来，穿上鞋，她打开房门，直奔下楼。文牧正放下听筒，望着奔下楼的她。

"翠薇刚打电话来，可慧醒了，医生说，她的情况出乎意外地良好，盼云，她没事了！"

"噢！"她轻喊了一声，泪水充满了眼眶，她软软地在楼梯上坐了下来，把脸埋在裙褶中，动也不动。她在感激，感激天上的神仙，感激那照顾着可慧的神，命运没有再次把她掷进万劫不复的地狱里。

"我要去医院，"文牧说，"我要把翠薇和妈调回来休息，你要去吗？""是的。"她飞快地抬起头来，"妈又去了？"

"何妈陪她一起去的，没有可慧脱险的消息，她是不会休息的，她只有这一个孙女！"

"我跟你一起去医院！"她急促地说，想着可慧。可慧醒了，她终于要面对审判了。

走出大门，她上了文牧的汽车，文牧发动了车子。她坐在那儿，又开始用牙齿咬手背。她耳边荡漾起可慧在"杏林"说的一句话："怪不得你昨天问我在什么地方和高寒见面！怪不得你向我要电话号码！我懂了。小婶婶，我学得太慢了！"

她紧咬住手背上的肌肉，眼光呆呆地凝视着车窗外面。文牧回头看了她一眼。"你并没有休息，"他说，"你一夜没睡？"

"睡不着。"她看他一眼，他满下巴胡子拉碴，眼神憔悴。"你也没休息。"她说。他勉强地笑了笑："有个受伤的女儿躺在医院里，没有人是睡得着的，何况……"他咽住了要说的话，车子驶进医院的大门。

她又开始痛楚和恐惧起来。见了可慧要怎么说？请她原谅？这种事不是"原谅"两个字可以解决的！向她解释她并不是有意要掠夺她的爱人？不，解释不清楚的！可慧已经认定她是套出他们约会地点，有意侵占高寒的。那么，怎么说呢？怎样才能让她原谅她呢？不！她浑身一震，蓦然明白，可慧根本不可能原谅她了，因为事实放在面前，高寒变了心——

算"变心"吗？——不管他！在可慧的意识里，盼云是个卑贱的、用手段的掠夺者，而且已经夺去了高寒，为这件事，她宁可一死，连生命都可以一怒而放弃，她怎么还可能原谅盼云？车停了，她机械地下车，机械地跟着文牧走进医院的长走廊，机械地停在可慧病房的门口了。

文牧回眼看她，忽然把手放在她肩上，对她鼓励地、安慰地笑了笑："嗨！开心一点，她已经脱离危险了呢！"

她想笑，笑不出来，心里是忐忑的不安和纠结的痛楚。还有种恐惧，或者，她不该来看可慧。或者，可慧会又哭又闹地叫她滚出去……或者……来不及或者了。文牧打开了病房的门走了进去，她也只好跟了进去。

可慧仰躺在病床上，奶奶、翠薇、何妈、护士都围绕在床边，可慧正在说话，虽然声音里带着衰弱，却不难听出她的兴致和心情都并不坏，因为她一边说还一边笑着：

"你们以为我的命就那么小呀？吓成这个样子！奶奶，我告诉你，别说撞车，摔飞机我都摔不死，我这人后福无穷，将来说不定拿诺贝尔奖！"

奶奶笑了，边笑边握着可慧的手，叹口气说：

"你也别拿诺贝尔奖，奶奶对你别无要求，只要你无灾无病，活得快快乐乐的！"

"可慧！"文牧叫了一声，走过去，"你这小丫头真会吓人啊！"

"爸爸！"可慧喜悦地喊，居然调皮地伸了伸舌头，她还有精神开玩笑呢，"我从小连伤风感冒都难得害一次，你们像带小狗似的就把我带大了，如果我不出一点事情住住医院，你们就不知道我有多珍贵！"

"呵！"文牧假装又笑又叹气，眼眶却湿了，"这种提醒的方式实在太吓人了，可慧！"

"我也没办法啊！"可慧仍然微笑着，"那些车子都开得飞快，躲了这一辆躲不了那一辆……"她突然住口，看到盼云了，她凝视盼云，似乎努力在回忆。

盼云站在她床前，垂眼看她，那么多管子，那么多生理盐水……唉，可慧，感谢这些科学让你恢复了生气，感谢上苍让你还能说笑……我来了，骂吧！发火吧！唉，可慧！

"噢，小婶婶！"可慧终于叫了出来，她脸上是一片坦荡荡的天真、一片令人心碎的温柔，"你也来了。我看，我把全家都闹了个天翻地覆！""可慧，"奶奶用手理着她的头发，"到底车祸是怎么发生的？我这次非控告那些司机不可！"

可慧望着盼云，她的眼睛清澈，毫无疑虑，更无心事。她皱皱眉："奶奶，算了吧！是我自己不好！他们才该告我呢！我穿马路的时候没看路，尽管往前面看……"

"你为什么要往前面看呢？"奶奶追问着。

可慧羞涩地笑了，望着盼云。"小婶婶知道，她看到了的。都是为了高寒哪！"她语气娇羞而亲昵，"可是，你们不许怪高寒，绝对不许怪他，他也不知道会出车祸呀！"盼云惊愕地看着可慧。她还是那么活泼，还是那么可爱，还是那么天真，还是那心无城府！对高寒，她还是那样一往情深！似乎"杏林"里那一幕谈话都没发生过，可能吗？可能吗？她错愕地瞪视可慧，可慧也正望着她呢！可慧眼中连一丁点疑惧、愤怒、怨恨……都没有。只有她一向的坦率、一向的天真，和一向的真实。

"小婶婶，"她柔声说，"高寒怎么不来看我？"

"哦，"文牧慌忙接口，"他一直守着你，我看他已经累坏了，所以赶他回去了。"

可慧满足地点点头，叹口气。"他一定也吓坏了！我大概把他的演唱也耽误了！"

"到底，"奶奶决心追根究底，"是怎么发生的？你说了半天也没说清楚！""哦！"可慧笑望着奶奶，"我正要去'杏林'，我约好了和高寒在那儿碰头，还约了小婶婶去帮高寒改歌谱。下了计程车，我忽然听到高寒在喊我，发现他在街对面呢，我就穿过马路往他那儿奔，然后……就什么都不知道了。哦，"她回忆了一下，"我还记得小婶婶在拼了命地喊我！扑过来抱我。"她把插着针管的手移到盼云的手边，去握了盼云一下。护士小姐慌忙把她的手挪回原位。她对盼云感激而热烈地说："你真好！小婶婶！你真好！"盼云目瞪口呆。然后，她忽然明白了。那车子的重撞一定使可慧丧失了部分的记忆。她潜意识里根本不愿记住"杏林"里面的一幕，她就让这段事从她记忆的底层消失了。她整个的时间观念已经颠倒了。车祸变成了她去"杏林"的途中发生的，那么，"杏林"里的一幕就完全没有了。她唯一记得的，是她穿越马路，高寒叫她，撞车，盼云扑过去抱她……这些组合起来，仍然是一幅最完美的图画，她只要这张图画，那些残酷的真实场面、变心的爱人、出卖她的小婶婶……都没有了。

命运待她何等优厚，可以把这最残忍的一段记忆从她脑中除去。盼云想着，注视着可慧那对温柔亲切天真而美丽的眼睛，她突然感到如释重负！命运岂止待可慧优厚，待盼云也太优厚了。这样，不需要再解释了，这样，不需要祈求她的原谅了！这样，"杏林"里的一幕就完全没有发生了！她望着可慧，一时间，太复杂的感触使她简直说不出话来。可慧歉然地看着她："对不起，小婶婶，我把你吓坏了，是不是？你脸色好坏好坏啊。奶奶，医生呢？"

"怎么？"奶奶弯腰看她，"哪儿疼？"

"哪儿都疼。"可慧坦白地说，虚弱地笑笑，"不过，我是要医生给小婶婶打一针，她太弱了！我把她吓坏了，她一定又想起了小叔！"

盼云振作了一下，终于能开口了，她的声音沙哑而哽塞："可慧，你自顾不暇，还管别人呢！闭上眼睛休息一下吧！你说了太多的话！"

可慧是真的累了，她真的说了太多的话，合上眼睛，她闭目养神。只一会儿，她就昏昏然地进入了半睡眠状态。文牧做手势要大家让开，轻声叫奶奶、何妈和翠薇回去休息。奶奶理智地带着翠薇、何妈回去了。盼云细心地用被单盖好可慧，细心地整理她的枕头，细心地梳理她的头发，满怀感激之情。可慧的头转侧了一下，由于痛楚，她的眉梢轻蹙着，那模样是楚楚可怜的。她额上有两滴冷汗，盼云用棉花帮她拭去，她再转侧着头，开始轻声地呓语：

"高寒！高寒！高寒！"

文牧拉住盼云的手臂，把她带到房间一角，低声说：

"你知道高寒的电话号码吗？"

"是的！"

"拜托你一件事，去把他找来！我想，可慧现在最需要的医药，是那个'埃及人'！"

盼云点了点头，悄悄地走出病房。

她穿过长廊，走到候诊室，那儿有一架公用电话机，走到电话机前，拿出了辅币，她开始对着电话机发呆了。是的，要叫高寒来，但是，在他来之前，要先警告他，可慧已失去记忆，"杏林"那一幕是没有了。换言之，他们又兜回头了。不，并不是完全兜回头。她咬住嘴唇，望着电话机，在一阵突发的心痛里，深切地体会到，她是真正地、真正地失去高寒了。

但是，高寒会合作吗？

在经过"生死"的考验后，还能不合作吗？尤其，可慧是这样"情深不渝"，几个男人有福气拥有这样的女孩？高寒，你应该也只是个男人，只是个能被打动的男人！

她拨了高寒的电话号码。

高寒坐在可慧的病床前面。

可慧住院已经一个星期了，她进步得相当迅速。除了折断的腿骨上了石膏以外，其他的外伤差不多都好了。生理盐水早就停止了注射，她的双手得到自由后就片刻都不肯安静，一会儿要削苹果，一会儿要涂指甲油，一会儿又闹着要帮高寒抄乐谱……她的面颊又恢复了红润，眼睛又是神采奕奕的，嘴唇又是红艳艳的，而且，叽叽喳喳像只多话的小麻雀，又说又笑又叹气。她恨透了脚上的石膏，担心伤愈之后还能不能跳迪斯科。望着高寒，她的眼光里充满了同情和歉疚：

"高寒，你真倒霉，要天天来陪我这个断了腿的讨厌鬼！你一定烦死了。"她伸手摸他的下巴、他的面颊。"高寒，你好瘦呵！你不要为我担心，你看我不是一天比一天好吗？"她又摸他的眉毛、眼睛、头发，和耳朵。"你烦了，是不是？你不需要陪我的！真的，你明天起不要来了。你去练唱去！噢，你上了电视吗？""没有。"高寒勉强地说，看着可慧那由于瘦了而显得更大的眼睛。"唉！"可慧想踮脚，一踮之下，大痛特痛，痛得她不得不弯下腰去，从嘴里猛吸气。高寒跳起来，用手扶住她，急急地问："怎样？怎样？""我忘了，我想踮脚，"她呻吟着说，痛得冷汗都出来了，她却对着高寒勇敢地微笑，"没事，只是有一点点痛，你不要慌，我故意夸张给你看，好让你着急一下。"

高寒看着她那已痛得发白的嘴唇，知道她并没有夸张，知道她在强忍痛楚。看到她疼成那样还在笑，他心里就绞扭起来了，他扶着她的肩，让她躺好。

"求求你，别乱动行不行？"他问，"好好的，怎么要踮脚？"

"你没上电视呀！"她叫着，一脸的惶急和懊丧，"都为了我！害你连出名的机会都丢了。只要你上一次电视，保管你会风靡整个台湾，你会大大出名的！喂喂，"她急急地抓他的手，摇撼着，"你有没有另外接洽时间，再上电视？不上《蓬莱仙岛》，还可以上《欢乐假期》呀！还有《大舞台》啦，《一道彩虹》啦……综艺节目多着呢！""可慧，"高寒轻轻地打断了她，"我告诉你一件事，你不要生气。""哦？"可慧狐疑地看着他，伸手玩着他衣领上的扣子，"什么事？""'埃及人'已经解散了！"

"什么？"可慧吃了一惊，要跳起来，又触动了腰上的伤口，再度痛得她眼冒金星，乱叫"哎哟"。高寒伸手按住她的身子，焦灼地说："你能不能躺着不要乱动呢？"

她无可奈何地躺着，大眼睛里盛满关怀与焦灼，专注地停在他脸上。"为什么要解散呢？"她急急地问，"那已经成了学校里的一景了，怎么能解散呢？为什么？"

"因为我没上电视，大家都骂我，我跟他们吵起来了，连高望都不同情我，说我至少该打个电话通知一下，他们不了解当时的情况，我根本把这回事忘得干干净净。我们大吵特吵，吵到最后，合唱团就宣布解散了。"

她瞅着他，手指慢慢地摸索到他胸前的狮身人面像。她一语不发，只是瞅着他。"不要这样一脸悲哀的样子！"高寒笑着说，"有什么大不了的事？一个合唱团而已！我早说过，天下从没有不解散的合唱团！这样也好，免得一忽儿练习，一忽儿表演，耽误好多时间！"她仍然瞅着他。瞅着，瞅着，瞅着……就有两滴又圆又大的泪珠，从她眼角慢慢地滚出来了。高寒大惊失色，弯着腰去看她，他几乎没有看过她流泪，刚刚受伤那两天，她疼得昏昏沉沉还要说笑话。现在，这眼泪使他心慌而悸动了。他用双手扶着她的胳膊，轻轻地摇撼她，一迭声地说：

"喂喂喂，怎么了？怎么了？怎么了？……"

"都是我不好。"她侧过头去，泪珠从眼角滚落在枕头上，

"我害你被他们骂，又害你解散了合唱团。我知道，你爱那个合唱团就好像爱你的生命一样。你一定被骂惨了，你一定忍无可忍才这样做……高寒，你……你……"她抽噎着，更多的泪珠滚了出来，"你对我太好了！"她终于低喊出来。

高寒凝视她，内疚使他浑身战栗，心中猛地紧紧一抽。幸好她失去了记忆，幸好她完完全全忘记了"杏林"中的谈话。幸好？他心中又一阵抽痛，不能想，不要去想！他眼前有个为他受伤又为他流泪的女孩，如果他再去想别人，就太没有心肝了！他取出手帕，去为她拭泪，他的脸离她的只有几寸的距离。"别哭！"他低语，"别哭。可慧，我发誓——我并不惋惜那个合唱团……""我惋惜。"她说，仍然抽噎着，"等我好了，等我能走了，我要去一个一个跟他们说，我要你们再组合起来！他们都那么崇拜你，而你为我就……就……"

"不全是为你！"他慌忙说，"不全是为你！真的，可慧，别把责任都往自己身上揽。"他用一只手托起她的下巴，用另一只手去擦她的眼泪。"笑一笑，可慧。"他柔声说，"笑一笑。"

她含着眼泪笑了笑，像个孩子。

他扶着她的头，要把她扶到枕上去，因为她又东倒西歪了。她悄眼看他，室内静悄悄的，只有他们两个，所有的人都安心避开了。她忽然伸出胳臂，挽住了他的头，把他拉向自己，她低语："吻我！高寒！"高寒怔了怔，就俯下头去，情不自禁地吻住了她。她另一只手也绕了上来，紧紧地缠住了他的脖子。有好一会儿，他们就这样待着，她那薄薄的嘴唇细嫩而轻柔。然后，一声门响惊动了他们。高寒抬起头来，转过身子。面对着的，是翠薇和盼云。"噢，妈。噢，小婶婶！"可慧招呼着，整个面孔都绯红了。盼云的眼光和高寒的接触了，盼云立刻调开了视线，只觉得像有根鞭子，狠狠地从她心脏上鞭打过去，说不出来有多疼，说不出来有多酸楚，说不出来有多刺伤。更难堪的，是内心深处的那种近乎嫉妒的情绪，毕竟是这样了！毕竟是功德圆满了！她一直期望这样，不是吗？她一直期望他们两个"好"，为什么现在心中会这样刺痛呢？她真想避出去，真想马上离开，却又怕太露痕迹了。她走到可慧的床脚，勉强想挤出一个笑容，但是，她失败了。倒是可慧，经过几秒钟的羞涩后，就落落大方地笑了起来：

"糟糕，给你们当场抓到了！"她伸伸舌头，又是一脸天真调皮相。高寒不安地咳了一声。翠薇笑着瞪了他一眼。

"高寒，"翠薇从上到下地看他，笑意更深了，丈母娘看女婿，怎么看怎么顺眼，"你来了多久了？"

"吃过午饭就来了。"高寒有些狼狈，比狼狈更多的，是种复杂的痛苦。他偷眼看盼云，她已经避到屋子一隅，在那儿研究墙上的一幅现代画。他再看看翠薇和床上的可慧。

"我要先走一步了。"他说，"我还有课。"

"几点下课？"可慧问。

"大概五点半。"

"你要来哟，我等你。"

他点点头，再看盼云，盼云背对着他。他咬紧牙关，心里像有个虫子在啃啮他的心脏，快把他的心脏啃光了。他毅然一甩头，高寒呵高寒，你只能在她们两个里要一个！事已至此，夫复何言？他走出了病房。

一走出病房，他就觉得脚发软了，穿过走廊，他不自禁地在墙上靠了一下。眼前闪过的，是盼云那受伤而痛楚的眸子，那瘦瘦弱弱的背影，那勉强维持的尊严……受伤，是的，她受伤了。因为他吻可慧而受伤了，这意味着什么？老天，她在爱他的，她是爱他的！老天！我们在做什么？老天！

他在医院门口候诊室中的长椅上坐了下来，把脑袋埋在手心中，手指插在头发里，他拼命地扯着头发，心里有一万个声音，同时呐喊起来："盼云！盼云！盼云！盼云！"

他呻吟着，把脑袋一直埋到膝盖上去。他旁边有个少妇带着一个孩子在候诊，他听到那孩子说："妈妈，你看，疯子！疯子！"

他抬起头来，去看那孩子，那母亲慌忙把孩子拉到怀里去，他对孩子咧咧嘴，露露牙齿，孩子的头躲到母亲衣服里面去了。他茫然地站起身来，双手插在夹克口袋里，走出医院的大门，迎面，是秋天的风，冷而萧飒。

他没有离开医院很远，就站在那医院门口，他用背贴着围墙，静静地站着，静静地等待着。

时间不知道过去了多久，他固执地不看表，只是那样站着，像一张壁纸，眼睛直直地注视着医院门口。有人进去，有人出来，那孩子牵着母亲的手也出来了。

"妈妈，疯子！疯子！"孩子又喊。

那母亲悄悄偷看他一眼，一把蒙住孩子的嘴，抱着孩子急慌慌地逃走了。他扯了扯头发，觉得自己真的快发疯了。

终于，盼云走出了医院的大门。他飞快地闪了过去，拦在她的面前。盼云抬眼看他，他们两人对视着，谁都没有说话。好一会儿，他们只是这样相对而视，好像整个世界都消失了，都不存在了。然后，高寒伸手去握住了她的手，她没有抗拒，很顺从地让他握着，他伸手叫了一辆计程车。

"我们找个地方去坐坐？"他说。

她点点头，从来，她没有这样顺从过他。

上了计程车，他开始恢复了一些理智，开始又能思想了。他把她的手握得紧紧的，生怕她打开另一扇门跑掉，但是，她坐在那儿不动，有种奇异的沉静，有种令人心酸的柔顺。

"去哪儿？"司机回头问。

"去——"他犹豫着，忽然想起了那个老地方，那座莲花池，"去青年公园！"青年公园别来无恙，依然是空荡荡的，没有几个游人，依然是疏落的林木，依然平畴绿野，依然是弯曲的莲池，莲池边，依然竖着那棵大树，大树下，也依然是那张孤独的椅子。

他带着她走到树下，望着那莲池，那老树横枝，两人都在回想着那天落进莲池的情景。事实上，事情发生并没有多久，但是，这之间发生过太多事情，竟使他们有恍如隔世之感。盼云的眼光终于从莲池上移过来，落在高寒脸上了。

第七章

　　他们彼此对视着，那样深深地、苦苦地、切切地对视着。高寒第一次在盼云眼里读出那么深厚的感情、那么浓挚的感情、那么没有保留的感情……他立即拥她入怀，她丝毫也没有抗拒，紧紧地抱住他的腰，他们的嘴唇贴住了。

　　这是一个炙热、缠绵，充满煎熬、痛楚与悲苦的吻。他们彼此奉献，彼此需索，彼此慰藉，彼此渴求……千言万语，万语千言……都要借这一吻来传达，他们的吻搅热了空气。终于，他抬起头来，带着不信任的表情，去察看她的眼睛。又带着猝然的酸楚，把她的脑袋压在自己的胸前。

　　"哦，盼云，"他低语，"我该怎么办？我该怎么办？盼云！"

　　她的面颊贴着他那个狮身人面像，石雕被她的面颊烤热了。她的手仍然紧抱着他的腰，她用全身心在感应这片刻的相爱与相聚。"你已经做对了。"她低声说。

"什么做对了?"他追问,"对她做对了?还是对你做对了?"

"对她!"她仰起头来,盯着他了,"高寒,你跟我一样清楚,在她失去记忆以后,我们再也不能刺激她了。我认识一个心理科医生,我去问过他,他说,如果是种最悲切的记忆,失去了是最幸福的,如果唤醒这记忆,很可能导致她疯狂。"

"你有没有想过,"高寒仍然怀抱着她,苦恼地凝视着她,"她有一天,说不定会恢复记忆,想起'杏林'那一幕,那时,她会无地自容。"盼云战栗了一下:"高寒,永远不要让她恢复记忆!"

"这不在我能控制的范围之内吧?"

"在你能控制的范围之内!"盼云有力地说,"只要你爱她,全心全意地爱她,不给她丝毫怀疑的地方,不给她任何需要回忆的因素……那么,她就根本不会再去想,心理医生说,这种失忆症可能是终身的,除非你再去刺激它,它就不会醒觉。"

"别忘了,我也学医,我也念过心理学,这件事很危险,失忆症随时可能恢复!"

"不会,不会!"盼云坚定地摇头,"只要你真心真意去爱她!"

他的手紧箍了她一下。

"你'真心真意'希望我'真心真意'爱她吗?"他慢慢地、一个字一个字地问。

她凝视着他，眼中盛满了坦白的痛楚。

"高寒！"她惨然低呼，"我们都无法选择了！都无法选择了！""为什么？""你跟我一样清楚为什么，你不能再杀她一次！我们都不能再杀她一次！你做不出来了，永远做不出来了！"

是的，他做不出来了！当可慧生死未卜的时候，他只希望时间倒流，让一切没发生过，如今，时间真的倒流了。他再也不能把第一次的错误重犯！而且，如果现在再提出来，那是真的会彻彻底底地杀了可慧了。想到这儿，他就忍不住周身颤抖。"高寒，去爱她！"盼云温柔地说，"你会发现爱她并不困难。事实上，今天你已经去'爱'了，你吻了她，那并不困难，是不是？"他盯着她。"你吃醋吗？"他直率地问。

"是的。"她真挚地回答。

"也痛苦吗？"

"是的。"

他一下子又把她拥得紧紧的，在她耳边飞快地说："我们逃走吧！盼云。什么都不要管，我们逃走吧，逃到没有人的地方去！""不要说孩子话。"她有些哽咽，"这太不实际了。我们没地方可逃。责任、家庭、学业……你还有太多的包袱。人活着就有这些包袱，我们都不能逃。如果真能逃走，也没矛盾和痛苦了，反正，结论是一样，你要再杀可慧一次。你做不出来，我也做不出来！"他把面颊埋进她耳边的长发中，他吻着她的耳垂，吻着她那细细的发丝，他的眼眶潮湿，声音喑哑：

"那么，你肯答应我一个要求吗？你肯抛开礼教和道德的枷锁吗？""不，不能。"她咬咬嘴唇，"我知道你的意思，坦白说，不能。并不仅仅是道德和礼教，还有良心问题，我不能——欺骗可慧。我也不能冒这个险，唤醒她记忆的危险！"

"我们现在算不算欺骗可慧呢？"

她抬起头来，盯着他的眼睛。

"算。"她低语，"所以，这是我们最后一次单独见面，以后，我再也不单独见你了。"

他往树上一靠，脑袋在树干上撞了一下，他下意识地揉揉头发，眼光死死地注视着盼云的脸。他在她脸上看到了一种近乎悲壮的坚决，这使他所有不切实际的幻想都破碎了。然后，他体会出来，这几乎是一次诀别的会面，所以她那么柔顺，所以她那么甜蜜，所以她那么坦白……这是最后一次见面了。他盯着她，她也盯着他，两人都看出对方的思想和感情。"不。"他机械化地说。

"是的。"她悄声应着。

"不！"他加大了声音。

"是的。"她仍然悲壮而坚定。

"不！"他大声狂喊了。"不！不！不！……"

她一下子扑过来，抱住了他，紧紧地贴住他，把遍是泪痕的面颊贴在他胸前，他用手摸索她的脸，摸到了一手的潮湿。他挣扎着低下头去，挣扎着吻她的面颊，吻她的泪，挣扎着喃喃地说："怎么样才能停止爱你？怎么样才能停止爱你？你告诉我，怎么样才能停止爱你？""高寒，"她低声饮泣，"我们没有碰对时间，早三年相遇，或者晚三年相遇，可能都是另一种局面，现在，我们面前只有一条路可走——高寒，你有多少话要对我说，今天一次说完，你有多少感情要给我，今天一次给我，分手后，你就再也不是我的了。"他推开她，看她。"看样子，我们是真的要分手？"

她点点头。他忽然笑了。转过身子，他笑着用额角抵住树干。"知道吗？盼云，我们一共只单独见过三次面。第一次在家畜店门口买狗，我糊里糊涂地让机会从手中溜走。第二次就在这儿，你把我推进莲花池，闹了个不欢而散。第三次就是今天，你和我谈到从此分手……哈哈！盼云，这故事不好，写下来都没人能相信，我们连'相聚'都谈不上，就要谈'分手'！哈哈，这故事实在不好！即使你喜欢的那支歌，也先要'聚也依依'，才能'散也依依'呀！怎么会残忍到让我刚刚证实你的感情，就要面对离别……"

她从他身后紧抱了他一下，把面颊在他背上贴了贴，然后，她转过身子，就放开脚步，预备跑走了。

他飞快地回过头来。"站住！"他喊。她站住了，凄然地抬头看他。

他面色惨白，眼珠却是充血的。他一步一步地走近她身边，望着她。他的声音低沉而理性了：

"我没有权利再纠缠你，没有权利再加重你的烦恼。如果爱一个人会这么痛苦，我真希望人类都没有感情！"他顿了顿，"你是对的，我不能同时要两个女人，除非我们都能狠心让可慧再死一次，否则，我和你没有未来。"他咬住嘴唇，他的嘴唇毫无血色，低下头去，他取下了自己脖子上那狮身人面像，挂到她的脖子上去，拉开她的衣领，他让那狮身人面像落到她胸前，贴肉坠着。整理好她的衣服，他继续说："知道'埃及人'已经解散了吗？这是我最珍爱的饰物，我把它送给你。为了你，从此，我发誓不再唱歌！我生命里再也没有歌了。可是，盼云，答复我最后一个问题……"

她等待着。"即使我和可慧结了婚，我们还是会见面的，是不是？"他问，"如果我们见到面，你认为我能装得若无其事吗？假如我不小心，泄露了我内心的感情，又怎么办？"

她看了他片刻。"你不会泄露的。"她哑声说。

"我不像你这样有把握。"

她深深看他，默然片刻。

"你不会泄露的。"她再重复了一句，"因为，我会想办法让你不泄露！"再看了他一眼，她咬紧牙关，毅然地一甩头，调转身子，往公园门口走去。他本能地向前倾了倾，似乎要拉住她，但是，他克制住了自己。望着她的背影消失在公园的小径上，消失在那绿野疏林中，消失在那暮色苍茫里。他退后了一步，仰靠在身后的大树上，他抬眼看天，有几片灰暗的云在缓缓地移动。他脑中，沉甸甸地、苦涩涩地浮起了几个句子：

"也曾问流水的消息，也曾问白云的去处，问不清，问不清的是爱的情绪：

见也依依，别也依依！"

可慧终于出院了。深夜，盼云独自待在卧室里，回忆着可慧出院回家的一幕。可慧，那活泼爱动的可慧，那天真任性的可慧，虽然脚上还绑着石膏，虽然她不能走路，她仍然弄了副拐杖，在室内跳来跳去，跳得奶奶心惊胆战，生怕她摔倒。跳得翠薇亦步亦趋，在旁边大呼小叫。只有文牧，冷静地坐在沙发里看着，一面笑着说："让她跳吧！在医院里待了二十天，亏她忍受下来！现在，让她跳吧！反正有个准医生，随时会照顾她！"

"也不能因为有高寒，就让她摔跤呀！"翠薇嚷着，"何况，我看高寒也不会接骨！""他虽然不会接骨，"文牧说，"他是心脏科的专家！咱们可慧那小心眼儿里的疑难杂症，他都会治！"

"爸爸！"可慧撒娇地叫。

满屋子笑声，高寒也跟着大家笑。盼云不能不笑，她的眼光始终没有和高寒接触。

"高寒，"文牧拍了拍高寒的肩，"你说说看，你是不是专治可慧心脏上的疑难杂症！""我看，可慧的心脏健康得很，"奶奶插了句嘴，"倒是高寒的心脏有些问题。""怎么？怎么？"可慧天真地问，一直问到奶奶眼睛前面去，"你怎么知道？他的心脏怎样？"

"有些发黑。"文牧接口，"如果不发黑，怎么会骗到我女儿呢！""爸爸！"屋子里又一片笑声，高寒不经心似的走过去，和那正在给大家倒茶的盼云碰撞了一下，他很快地看她一眼，她若无其事，面无表情地往厨房走去。

"我看，"高寒开了口，"发黑倒没发黑，有些破洞是真的。"

"怎么？怎么？"可慧又听不懂了，"怎么会有破洞呢？什么意思？"

"你撞车的时候，"高寒轻哼着，"我一吓，胆也吓破了，心也吓破了，到现在还没修好。"

"哼！"可慧笑得又甜蜜又得意，面颊红得像熟透的苹果。她跳呀跳地跳到父亲面前去，瞪圆了眼珠子，鼓着腮帮子："爸，这个人油嘴滑舌，很靠不住，哦？"

"是靠不住，"文牧说，"你别靠过去，就成了！"

"哎呀！"可慧大喊，"爸！你今天怎么啦！"

全家都笑成了一团。可慧一边笑，一边又发现钢琴了，又发现丢在墙角的吉他了，她叫着说：

"吉他！钢琴！噢，高寒，我好久没听到你唱歌了，你唱一支歌给我听，好吗？小婶婶，拜托拜托，你弹钢琴好吗？我在医院里闷得快发疯了！高寒，弹吉他嘛！弹嘛！小婶婶，你也弹琴嘛！"盼云怔在那儿。忽然听到高寒说：

"好，你要听什么歌？"

"随便什么。"

"等我先喝口茶，好吗？"

高寒说着，拿了茶杯到餐厅去倒开水。只听到"当啷"一声，不知怎的，高寒把一瓶滚开水都倾倒在手上。他跳起脚来，疼得哇哇大叫："哎哟！烫死了！""你怎么搞的？"可慧又急又心疼，拄着拐杖就跳了过去。"烫伤没有？烫伤没有？"她抓起他的手来，立刻就喊，"糟糕，很严重呢！又红又肿起来了，当心，一定会起水疱。你呀！你——真不小心，倒杯茶都不会。何妈！何妈！曼秀雷敦！……"整个客厅中一阵混乱。盼云趁这阵混乱就溜上了楼。高寒什么时候离开的，她不知道，她却深深知道一件事，为了避免唱这支歌，他不惜用苦肉计。当时，她正站在热水瓶旁边，她亲眼看到他怎样故意把刚冲的热水倒翻在自己手上。再也不唱歌了，难道真的他从此再也不唱歌了？她从衣领中拉出那狮身人面像，把嘴唇贴在那石像上。不行！她脑中飞快地想着，日子不能这样过下去。再这样下去，她和高寒都会疯掉！她从床上坐了起来，在卧室中踱着步子，忽然想起家来了。想起情云，想起爸爸妈妈，想起情云对她说过的话："爸爸妈妈到底是亲生父母，不会嫌你……"

是的，该回去了。做了三年钟家的儿媳妇，换得了一颗满目疮痍的心。该回去了。但是，怎么对钟家说呢？怎么对可慧说呢？钟家由上到下，老的小的，都没有任何人对不起她呀！可是……不管怎样，钟家是再也待不下去了。今天下午，如果她不在场，或者高寒会唱歌的，不是吗？她在场，高寒是宁死也不会唱了。她该走了，让高寒好好地、专心地去爱可慧，让这一切都结束……

她从床底拖出了箱子，打开壁橱。她把自己的衣物放进箱子里。然后，她想起来，她该打个电话回家去。她看看手表，十一点多钟了。她房间里没有电话，本来要装分机的，文樵去了，她也无心装分机了。现在她必须下楼去打。侧耳倾听，整栋房子静悄悄，大家都睡了，可慧把每个人都闹得筋疲力尽了。她轻悄悄地溜出了房间，客厅里暗沉沉的，只在楼梯拐角亮着一盏小灯。她赤着脚，走下楼梯，半摸索着，找到了茶几和电话，坐下来，她也不开灯，就在半明半暗的光线下拨着电话，她知道：楼上只有文牧夫妇房间里有分机，她希望拨号的丁零声不要吵醒他们。

接电话的是倩云。她显然还没睡。

"喂，姐，"她诧异地说，"有什么事吗？你怎么这么晚打电话来？听说可慧出了车祸，你帮我向她说一声，我忙着写毕业论文，也没去看她，她好了吗？"

"是的，今天出院了。"

"噢，我知道她不会有事的，"倩云咭咭呱呱的，"她的长相就是一股有福气的样子，不会有事的。喂，姐，她是不是在和高寒谈恋爱？"

天！不要谈高寒。她抽了口气。"倩云，"她打断了她，"我打电话是想告诉你，我明天回去。""上午吗？我有课。你回家看妈妈爸爸吗？你是该回来一趟了……""不，不，倩云。我并不是回家一趟，我是准备搬回家住了。长期回家了。你明天早上跟妈说一声……"

"搬回家住？"倩云叫了起来，敏感地问，"发生了什么事？你和钟家闹别扭了？……"

"不是。你不要乱猜。是因为……想通了。你不是一直要我回家住吗？你——不欢迎我回家住吗？"

"怎么会？太好了！姐，你能想通真太好了！我明天不上课了，请半天假来接你！"

"算了，倩云。我自己会回来，你别请假，我又没有什么东西，一口箱子而已，叫辆车就回来了。"

"你确实——没有发生什么事情吗？"倩云怀疑地问，"老实说，我不太相信你是单纯的想通了。钟家怎么说呢？"

"我还没告诉他们！"

"姐，"倩云迟疑了，"你很好吧？"

"我很好，真的。总之，明天就见面了，有什么话，我们明天再说！"轻轻地挂断了电话，她在黑暗中坐着，心里涌塞着一股难言的苦涩。半晌，她站起身来，正预备走开，客厅里的一盏台灯突然亮了起来，她吓了一跳，抬起头来，文牧正坐在客厅一角，静静地看着她。

"噢，"她惊慌地说，"你怎么还没睡？"

"坐在这儿想一些事。"文牧说，眼光紧盯着她的胸口，她随着他的视线低头一看，那狮身人面像正垂在睡衣外面，她慌忙把它藏进衣领里去。文牧抬眼看着她的眼睛，低声说："所以你要回去？"她轻轻地蹙起眉头，没说话。

"盼云，"文牧燃起了一支烟，走过来，把一只手压在她肩上，"我知道的，我都看在眼里，我想，不只我知道，妈也有些明白。"她仍然不说话。"请你原谅我，盼云，"他温柔地说，"天下的父母都很自私，可慧是个感情非常强烈的孩子，我不要她受伤。我一直怕她受伤。"她背脊挺了挺，仍然不说话。

"你心里在骂我，"他低语，"你有种无言的反抗精神。唉，盼云，相信我，我并不希望家里发生这种事。刚刚我坐在黑暗里，我就是在想你的问题。我不愿可慧受伤，但是，我们全家都在让你受伤。"她还是不说话。"怎么？"他叹了口气，"恨我们？"

她望着他，摇摇头。"我不恨任何人，"她幽幽地说，"而且，我很感激你，自从文樵死后，你最照顾我。现在，我只求你一件事，既然你已经发现我要回去了。""什么事？""帮助他们两个，尤其是——高寒。给他时间，不要逼迫他，不要明讽暗刺，给他时间。帮助他，他真的需要帮助。"她咽住了，两滴泪珠夺眶而出，沿着面颊滚落。

"哦，盼云！"文牧轻喊。从口袋里掏出了手帕，他激动地去擦拭她的面颊。"我多虚伪！多自私！多残忍！我们实在无权让你这样痛苦！你并不欠钟家什么，你又这么年轻，如果能有个新开始，比什么都好……"

"不，不，不要说了！"她啜泣着，憋了一整天的泪水忽然像决堤的洪水，汹涌而出。他慌忙扶住她，急促而低声地说："别哭，请你别哭！"她把面颊埋在他肩头，他拥着她，轻拍着她的背脊。在这一刻，她对文牧有一种亲切的、半像父亲半像兄长的感情。事实上，在钟家三年，她深深体会到文牧对她那种无言的照顾，也深深体会到，只有文牧比较了解她内心深处的感触和哀愁。现在，高寒的事在两人间一说破，她就恨不能对他放声一哭了。因为，她不能对任何人说，不能对任何人哭。

他不停地拍抚她，急切地想止住她的眼泪，却苦于无言安慰，苦于必须扮演自己的角色，一个保护幼雏的老鸟，他恨自己的虚伪和自私，恨自己和全家加在她身上的痛苦，甚至，恨那早逝的文樵！……有妻如此，怎舍得魂归天国！他恨这一切。恨这一切加起来的结果——盼云。一个孤独无依、不知该何去何从的女人！

忽然间，他们听到楼梯顶有一声轻响，接着，客厅里灯火通明，有人打开了客厅中央的大灯。然后，是可慧尖锐的惊呼声："爸爸！小婶婶，你们在做什么？"

他们抬起头来，可慧正拄着拐杖，站在楼梯的顶端，睁大眼睛对他们望着，好像他们是一对妖怪。盼云惊跳起来，忽然发现自己的失态，文牧也慌忙推开盼云。但是，迟了，都迟了。可慧的喊声已惊醒了全屋子的人，翠薇冲到楼梯口一看，就开始歇斯底里起来。

"文牧！"她尖叫，"你这个混蛋！你下流！你卑鄙！你……你……"她开始高声呼喊，"妈！妈！妈！你看见没有？你看见没有？我早就怀疑了！我早就发现他们两个眉来眼去！守寡！守寡！这是什么时代了？还有人年纪轻轻地留在钟家守寡……""翠薇！"文牧低吼着，"事情没闹清楚，你不要乱吼乱叫！"

翠薇穿着睡衣直冲下楼，抓住了文牧的衣领。

"你还要怎样才算清楚？你说！我知道，盼云一进钟家的门我就知道，你喜欢她，你一直喜欢她，你敢不承认吗？"

"是的，我是喜欢她！"文牧火了，用力推开翠薇，"我喜欢她比你有思想，喜欢她比你懂感情，喜欢她沉静温柔、逆来顺受……喜欢她懂得牺牲，同情她承受了所有平常人不能承受的痛苦……""文牧！"奶奶也扶着楼梯，颤巍巍地走了下来，指着文牧的鼻子说，"你疯了是不是？你还不住口！大吼大叫干什么？想制造丑闻吗？"

盼云跌坐在沙发里，忽然间，她觉得这一切可笑极了，觉得自己简直在一个闹剧之中，觉得连解释都不屑于去解释，而且，觉得又疲倦又乏力又懒洋洋的。她居然笑了起来，一面笑，一面把脸藏到衣袖里去。

"你笑？你还笑得出来？"翠薇摇撼着她，"你怎么笑得出来？你怎么笑得出来？"她继续笑。怎么笑得出来？因为这是一个闹剧，一个天大的闹剧！守寡的弟妇和哥哥相爱，这是现成的电影题材！她笑得眼泪都出来了。"妈！放开她！"她听到可慧的声音，抬起头来，她看到可慧一跳一跳地跳了过来，大眼睛里蓄满了泪水。"妈！请你不要这样！小婶婶已经快要晕倒了！"

盼云望着可慧，又笑了起来。

"可慧，"她终于开了口，边笑边说，"我并没有要晕倒，人的意志力非常奇怪，晕倒也不是件容易的事！十个晕倒的人有九个在装腔，我还没有那么脆弱。你放心，我并没有晕倒！"可慧痴痴地看着她，眼泪在眼眶中旋转。

"你为什么一直笑？"她呆呆地问，用手在她眼前晃了晃，好像要试试她有没有变成瞎子。然后，她又跳着走近她，仔细看看她，回头对奶奶说："奶奶，她有些不对头，你们不要再说她了！""放心！"盼云从沙发里站了起来，想略过这些人，走到楼上去，"我很好，我并没有疯！"

"你很好！"翠薇的一腔怒火，如野火燎原般一发而不可止，她冲了过去，抓住盼云的胳膊，就给了她一阵昏天黑地的乱摇，"你这个无耻的、下流的东西！你居然说你很好！你是很好，你拆散别人的家庭，勾引别人的丈夫……你！你这个小寡妇……""翠薇！"奶奶厉声喊，"住口！你在说些什么？注意你的风度！""妈，你骂我吗？"翠薇问，"你不骂她而骂我吗？发生了这种事情，每个做太太的都该维持风度，是不是？当丈夫有外遇的时候……""翠薇，"文牧过来抓住了她，"你最好少胡说八道！你未免太糊涂了！是非好歹，你完全分不清楚，你根本——"他大叫，"莫名其妙！""我是莫名其妙，"翠薇仰着下巴，"我说错了，你这是'内遇'而不是'外遇'！"

盼云有些惊讶地看她，又想笑了！难得，翠薇也有一些机智和幽默感。她理了理头发，她的头发已被翠薇摇得乱七八糟。而且，很要命，她真的已开始发晕了。伸出手来，她做了个要大家安静的手势，说：

"不要吵了，我本来想明天和你们好好告别！看样子，我无法等到明天！事实上，我的箱子都已经收拾好了，你们等在这儿，我上楼去拿了箱子，马上就走！抱歉，"她望着奶奶，"没想到会在这种情况下和你们分开，说实话，你们都很好，真的很好！奶奶，"这是第一次，她改口不叫奶奶为妈，而跟着可慧称呼，"谢谢你爱护了我这么多年，我或者有很不周到的地方，但是，还不至于让你们家出家丑！您放心，奶奶。"

她不再看屋内其他的人，就转身上楼去拿箱子。全房间没有一个人再说话，也没有人拦阻她。她上了楼，胡乱地把箱子扣好，换掉了睡衣。再抱起地毯上的尼尼，拎着箱子下楼，发现全屋子的人仍然呆在那儿，好像被催眠了似的。她往门口走去，回头再看了一眼。

"再见！"她说。"等一会儿！"可慧叫，扑了过来，由于扑得太急，又没注意自己的脚伤，她一跤就摔了下去。文牧本能地扶住了她，她呻吟着，爬起来，完全不顾自己的伤痛，她半跳半爬地跑过去，拉住了盼云的衣襟，盼云回头看她，她满脸泪痕狼藉。"小婶婶，"她抽噎着说，"不管你做了什么，或没有做什么，我都抱歉。我没有安心要大叫，我只是饿了，想下楼找东西吃……""不用解释，"她平静地说，箱子放在脚边，尼尼在她怀中发抖，她用手指怜惜地抹去可慧颊上的泪痕，"不用解释！我没有怪你！""可是，我怪我自己！"她恨恨地说，掉着眼泪。"我害你这样子离开，不不，"她急急地说，"你不要走，小婶婶，你不要走！""可慧！"翠薇厉声喊。

"放心！"盼云抬头对翠薇笑了笑，"我不会为可慧这几句话就留下，这屋里，"她四面张望，连何妈都被惊醒了，躲在厨房门口偷看，"似乎没有什么力量再让我留下了。"她再看可慧，可慧那含泪的眼睛，那歉疚的神情，那依依不舍的模样，以及那份说不出口的焦灼……都引起她内心仅余的一抹依恋。她用手轻抚着她的面颊，她低低地说："别哭，可慧，我走了，只有对你好。以后——要活得快快乐乐的，你——一直那么好，不只自己充满活力，还把活力散播给周围每一个人。可慧，坚强一点，你这么善良，我相信你会掌握住你的幸福。"可慧仍然死命攥住她的衣襟，由于母亲在场，她苦于无法说话，她喉中哽塞着，眼睛痴痴地看着盼云，手指攥得牢牢的。盼云用手掰开她的手指，对她安慰地低语：

"傻孩子，又不是生离死别，怎么这样想不通呢？你只要想我，需要我，随时打电话给我！"

可慧悄悄点头，无可奈何地放开了手。

盼云拎起箱子，听到奶奶在叫：

"文牧，去给盼云叫辆车！送她出去！"

怎么？还派文牧工作啊？盼云回头看了奶奶一眼，奶奶那白发的头很威严地昂着，那老眼并不昏花。她和奶奶很快地交换了一个眼神，心里有几分明白，奶奶并不昏庸，奶奶也不老迈，但是，奶奶很精明很果断，很知道如何保护自己的家庭。她走出了大门，花园里，一棵芭蕉树被风吹得簌簌瑟瑟响。天上有几颗寥寥落落的寒星。风扑面而来，已带着深秋的凉意，她本能地瑟缩了一下，怎么天气一下子就变冷了？穿过花园，打开大门，文牧始终一语不发，到了门外，她很快拦到一辆计程车。"盼云，"他急促地说，"抱歉。"

她打开车门，很快地上了车，仍然没有再说话。车子驶向黑夜的街头，她望着车窗外面，双手紧抱着尼尼，到这时，才隐隐感到那种深夜里被放逐的滋味。放逐！是的，她已经被婚姻、爱情、家庭……统统放逐了。她把面颊又习惯性地深埋在尼尼的长毛中。

第八章

　　高寒第二天晚上，就知道盼云搬出钟家了。

　　在钟家的客厅里，只有可慧和高寒两个。大家都很识相，高寒一来，全家都避开了。可慧腻在高寒怀里，脑袋半枕着高寒的膝，小脸蛋上一副惨兮兮的模样。她已经把经过情形很简单地告诉了高寒，再加上了她自己的自怨自艾和懊恼。

　　"我真不懂，我开门关门，跳呀跳地跑出来，声音够大了，他们怎么会听不到？我也不好，明明听到有人在哭，我还去开灯，弄得全家天翻地覆，鸡犬不宁。小婶婶走了，妈妈哭了一夜，到现在也不跟爸爸说话，奶奶也生气……唉，"她转了转眼珠，看着高寒，"你猜怎么，奶奶并不怪爸爸，天下的母亲好自私呵，儿子总是自己的好，她反而骂妈妈不懂事，不了解男人，不会拴住丈夫……气得妈妈哭得死去活来！"

　　高寒愕然地听着这一切，脑子里昏昏然，像被浇了一锅烧热的蜡，把所有的思想都烫伤了而且凝固了。好半天，他根本弄不清可慧在说些什么，然后，他懂了。坐在那儿，他双手撑着下巴，苦苦思索，苦苦回忆，苦苦分析……他不动也不说话。可慧却仍然在唉声叹气。

"其实，也不能怪小婶婶，她和我小叔的感情那么好，结婚两个月小叔就死了，那时，小婶婶才二十一岁，我爸当时就说：她等于还是个孩子！我想，我爸一开始就喜欢她！其实，一个男人要爱上小婶婶是很自然的啊，你说是不是？她那么美，那么年轻，那么忧忧郁郁文文弱弱的。又会弹钢琴，又很有才气……哎！你知道吗？我同情爸爸和小婶婶。怪不得，这些日子来，我总觉得小婶婶有心事，总觉得她好不对劲，原来……是这么一回事！"

高寒瞪着可慧。"你爸怎么说？"他闷声问。

"爸爸呀！"可慧摇摇头，"他当时就对妈又吼又叫，说他就是喜欢小婶婶，喜欢她有思想有深度懂感情……反正说了一大套。你不了解我爸，他不是怕事的人，他很多情，如果把他逼急了，吃亏的还是我妈！"

高寒磨了磨牙齿："可是，他还是让她走了？在深更半夜里，让她一个人走了？"可慧看了他一眼，抓起茶几上的一个橘子，她开始剥橘子，一面剥，一面说："你要他怎么办呢？家里有老的有小的，他总不能跟着小婶婶一起走吧？唉！小婶婶也很可怜，我看着她出去，心都痛了，说真话，我好喜欢好喜欢她！怎么想得到她会……她会……唉！"她左叹一声气，右叹一声气，把剥好的橘子一片一片喂到高寒嘴里去，她瞅着他，终于甩了一下头："高寒，我们不要谈这问题了，好不好？我们不要谈了。"她抓过他的手来，"好啊，起水疱了！你起码一个月不能弹吉他！"

他抽下手来，烦躁地站起身子，在室内兜了一圈。

"你家有香烟吗？"他问。

"香烟？你又不抽烟，要香烟干什么？"

"我想抽一支。"他翻开茶几上的烟盒，拿了一支烟。可慧慌忙取过打火机，帮他打着了火，赔笑地说："你这人粗手粗脚，搞不好打个火，再把手指烧起来，如果你要抽烟，让我来帮你点火。"

他燃着了烟，深吸了一口，把烟雾喷出来。可慧稀奇地看着他，叫着说："你会抽烟！"

"会的事多着呢，只是你不知道！"

"哦？"可慧挑着眉毛，"敢情你在我面前装正经，你是个伪君子！"

"世界上的伪君子也多得很，不止我一个！"

"噢，"可慧翻了翻眼睛，"你吃了冲菜吗？"

"什么意思？"

"没吃冲菜，怎么尽冲人呢！看样子，你今天脾气大得很，为什么？"

他勉强地笑了，望着可慧。"不为什么。"他低叹着说，"我的脾气一向就不好，你知道的。"

她娇媚地笑了，用她温暖的小手去握住他的手。"我不会惹你生气，我尽量不惹你生气，假若我无意间惹你生气了，你可以骂我吼我，甚至打我，但是，你不要去爱上别人，永远不要，好吗？"

他盯着她，在她那深情的、专注的、柔媚的眼光和声音中迷惑了。她用手勾下了他的脖子，又献上了她那柔软而甜润的唇，她舌尖还带着橘子的香味。

同一时间，盼云正躺在家里的床上，接受楚医生的治疗和打针。楚鸿志是贺太太请来的，是贺家的家庭医生，事实上，楚鸿志不是内科，而是心理科的大夫。自从文樵去世以后，盼云每次回娘家，都被贺太太逼着见楚鸿志，逼着吃他的配方，安眠药、镇静剂……和深呼吸。

这次，请楚医生几乎是必要的，盼云自从半夜回家后就变得有些歇斯底里。她总是笑，不停地笑，笑得古怪而凄凉。她整夜没睡，只是坐在床上发呆和傻笑。贺家两老都被她弄了个手忙脚乱，贺太太想打电话问钟家到底发生了什么事，却被盼云严词阻止了，她用手压着听筒说："我们和钟家已经没有关系了，再也不要打电话过去！再也不要去惹他们！""但是，"贺太太懊恼而焦灼地说，"一定发生了一些事情，是不是？""发生了太多的事情！"盼云呆呆地坐着，呆呆地说，还带着呆呆的笑。"首先，是文樵死了，然后，是我买了尼尼……尼尼！哦，尼尼！"她忽然惊慌地四面找寻，"尼尼！尼尼呢？"

"在这儿！"倩云嚷着，慌忙抱过那正瑟缩在床脚的尼尼，放进她怀里。那小东西由于不习惯换了环境，在簌簌发抖。盼云立刻把它紧抱在怀中，用睡袍的下摆包着它，给它取暖。

"我买了尼尼……"盼云继续说，像在做梦，"可慧参加了舞会，然后，可慧有了男朋友，然后，可慧出了车祸，然后，我和文牧被他们抓到了……"

"你说什么？"贺太太听出了要点，"你和文牧怎么样？"她心慌慌地问，母性的直觉在提醒她，可能，出了大麻烦了！二十四岁，她才只有二十四岁呀！

盼云怔了怔，又笑了起来，笑得把脸藏在尼尼的长毛中。倩云坐在她身边，用手环抱住她的肩，轻轻地摇着她，紧紧地追问着："到底怎么回事？姐，你不要弄得全家心神不定好不好？"

"我是个'鬼'，"她笑着说，"我到哪个家庭，哪个家庭就不会安宁！"

贺先生看着这一切，简单地说："去请楚大夫来，她需要一个心理医生！"

"不要小题大做！"盼云收起了笑，正色说，"我并没有精神错乱，我只觉得人生的事很可笑。许多时候，我们都在演戏，也不知道演给谁看！"

"盼云！"贺太太喊，"你说说清楚，什么叫你和文牧被抓到了？什么事被抓到了？"

盼云抬起头来，看着母亲，她又笑了。

"他们以为我和文牧在恋爱，全家闹了个天翻地覆，紧张得不得了，只好把我遣送回家！"

"姐，"倩云紧盯着她，问，"你是不是在和文牧恋爱呢？"

盼云大笑起来，把尼尼放在床上，她笑得喘气。

"你想呢?"她反问,"很好的小说材料,是不是?写出来准轰动,只是新闻局会取缔!""姐!"倩云叫。盼云不笑了,抬起头来,她眼光澄澈地看着父母,又看倩云,她真切地、坦白地、一本正经地说:

"我没有。绝没有和文牧恋爱,这是个误会,很可笑的一场误会。所以我一直想笑!"

贺太太放下心来,立刻,她就生气了。

"既然是误会,他们凭什么半夜三更把你赶回来?我打电话跟他们评评理去!"

盼云拉住母亲的衣服:"难道你不准备收留我,还要赶我回钟家去吗?"

"胡说!"贺太太激动地拥抱着盼云,"你再也不要回钟家了,永远不要回去了。"

"那么,还评什么理?惹什么闲气?误会就让它误会吧!我都不生气,你们气什么?"

于是,贺太太没打电话。大家都隐忍了下来。但是,盼云从回家后就没对劲过,她不吃不喝不睡,坐在床上,一忽儿呆呆地出神,一忽儿又傻傻地笑。问她话,她也回答得清清楚楚,不问她话,她就整天不开口。这使贺家夫妇和倩云都担心得不得了。白天,倩云利用上课的时间,打了个电话到文牧的办公厅,文牧把晚间发生的误会说了一遍,当然,说得并不清楚,因为不能扯出高寒,他无法解释盼云何以会伏在他怀里哭泣。倩云满腹狐疑地回到家里,只对母亲说:

"妈,请楚鸿志来吧!不管怎么回事,姐姐总有点不对劲！"

于是，楚鸿志来了。于是，盼云只好接受楚鸿志的治疗。说真话，楚鸿志在心理医生中，是相当有名气的。他年纪不大，才只有四十岁左右，是留美回来的，在美国，他至今还保留着工作，一年之内，总有好几个月在国外。他的医术也很高明，他很能让病人放松自己，也很能让病人信赖他。盼云有一次对他说过：

"你知道吗？你的工作等于是个神父，那些病人需要发泄，你就坐在一边听他们发泄。"

楚鸿志想了想，笑了。

"你该说，神父都是很好的心理科医生，心理科医生却绝不是神父！""为什么？""因为——"楚鸿志笑得坦率，"心理科医生会结婚，神父不能。"盼云也笑了。在某些时候，盼云相当欣赏楚鸿志，因为他很有幽默感。楚鸿志有个并不太幸福的家庭，他的太太数年前死于癌症，留下了两个稚龄的孩子。所以，在文樵刚死的时候，楚鸿志尽心尽意地治疗过盼云，他对她很坦白地说过："你有的感受，我都能了解。以前读《浮生六记》，看到沈三白说，奉劝天下夫妇，感情不要太好，以免当一个早走一步的时候，另一个过分痛苦。这种感觉，只有身历其境的人才能体会！我和我太太之间从没有爱得死去活来，但是，她走的时候我仍然难过得要命！"

盼云肯接受楚鸿志的治疗，也因为他不是江湖医生，他细心，他诚恳，他像个朋友。

现在，楚鸿志坐在盼云的床前，他特地支开了倩云和贺氏夫妇，他注视着盼云，恳切而真挚地说："说吧！"

"说什么？"她问。

"你想说什么就说什么。"

"我想说——"盼云侧着头想了想，"人生是一场闹剧。"

"我同意。"楚鸿志笑着。

"我想，我无论说什么你都会同意。"

"那也不见得。你再说说看！"

"我说，我并不需要医生。"

"对！你需要睡眠、营养、休息、照顾，和爱情。"

她惊动了，看着他，笑了。

"可惜，你这个医生的处方里，很多药你自己都配不出来！"他也笑了，伸手拍拍她的手。"让我给你打一针，好好地睡一觉，等你睡够了，休息够了，精神也好了，我们再细细地讨论我的处方里，有哪几味药没配好！现在，最起码我可以给你配前面三种药！怎样？"

"你要给我打什么针？有没有一种针药名叫'遗忘'，打了就可以把过去所有所有的事，都忘得干干净净。"

"你不需要那种针，那会使你变得迟钝！"

"对了，我正希望迟钝！"

他深深看她，准备着针药。

"这管针药打进去，包管你就会迟钝！"

"迟钝到什么程度？""到睡着的程度！""哈！搞了半天，还是镇静剂！你不觉得，我很镇静吗？不过……"她想了想，卷起衣袖，"打吧！能睡觉也是一种福气！"他望着她那雪白的手腕，血管在苍白的皮肤下隐约可见。她那细瘦的手臂是楚楚可怜的。他给她扎上橡皮管，让静脉管突出来，一面把针头插进去，一面习惯性地找话题，以免病人感觉出打针的痛楚。

"你上次告诉我，有个朋友害了'失忆症'，现在，她好了没有？""她不会好的，"她很快地说，"我是她，我也不会好。楚大夫，你有没有希望过失去记忆？"

"从没有，我知道如何去面对真实。"

"你能让你自己失去记忆吗？"

"不能。"

"唉！"她叹口气，摇摇头，"你也只是个凡人！"

"本来就是凡人，谁都是凡人！记忆是一样很好的东西，有时会填补一个人心灵的空虚，有时也会带来欢乐或痛苦，人不该放弃记忆。"他抽出针头，揉着她的手腕。微笑漾在他的唇边。"记得第一次给你打针，你才十五岁，因为和你的英文老师吵架，你骂她是心理变态的老巫婆，她要开除你，你气得又发抖又哭又跳，你爸爸没办法，只好把我找来给你注射镇静剂。盼云，你一直是个感情容易激动的孩子，你的问题出在，这些年来，你过分地压制自己，既不能痛快地哭，又不能痛快地笑！"她眼眶潮湿。"十五岁？你还记得？那是一百年前的事了。"她靠在枕头上，有些昏昏沉沉起来，那药性发作得非常快，"楚大夫，你明天还来吗？""是的！"她微笑了一下，伸手去摸尼尼，把尼尼揽在怀中，她昏然欲睡了。喏嚅着，她模模糊糊地说了一句话：

"幸好你是医生，否则，我会以为你爱上了我！"

闭上眼睛，她睡着了。

这一觉睡得又长又久又沉，连梦都没有。她是被一阵电话铃声惊醒的。睁开眼睛来，她一眼看到倩云正握着电话听筒，非常不耐烦地低声喊着：

"跟你说了几百次了，你怎么又打电话来？高寒，你不能跟我姐姐说话，她病了，打了镇静剂才睡的！你到底有什么事？不要再拿你和钟可慧的事来烦我姐姐，她与钟家早就没关系了！什么？你现在要过来？你马上要过来？不行，不行……"盼云完全醒了，睁大眼睛，她看着倩云。高寒！她有没有听错？是高寒吗？她支起身子，伸手给倩云。

"听筒给我，我跟他说话！"

倩云把听筒交给她，一面走出房门，一面叮嘱着：

"你别太劳神啊，楚大夫说你需要休息！"

她接过了听筒，目送倩云离开。

"高寒？"她问。"盼云！"高寒喊了起来，"这是我第十二个电话！你好吗？为什么不能接电话？""他们给我打了针……"她说，"我睡着了。"

"打针？你病了？别说了，我挂断电话马上到你家来！我们见面再谈！""喂！"她喊，头脑有些清楚了，"你不能来，不许来！我们都谈清楚了的，你说过不再……"

"说很容易，做很困难！"他说，"尤其，听到可慧谈起前天晚上发生的事以后……"

"可慧告诉了你？她告诉你什么？"

"告诉我，你和她爸爸在一起，被她撞见了。"

"哦。"她衰弱地低应了一声。心里在迅速地转着念头，迅速地组织着自己的思想。"你已经知道了？"她低声说，"你瞧，你并不是唯一的一个！""少来这一套！"高寒的声音粗鲁野蛮而强烈，充满了感情，充满了了解，充满了苦恼，"我一点点都不相信！一丝丝都不相信！因为我太了解你！你绝不是同时能爱两个男人的女人！钟家如果不是出于误会，就是出于陷害！我要查明这件事，我告诉你，我要查明白！"

"别查了！"她更软弱了，"请你别查了！"

"那么，告诉我是怎么回事。"

"我不想谈。"

"好，"他顿了顿，"我过来！"

"不行！""盼云！"他叫，"要我从此不见你，我做不到，我真的做不到，我做不到，我做不到，我做不到……"他一迭声地、低低地、沉沉地说了二十几个"我做不到"，说得盼云心都碎了，眼泪都快掉下来了。"高寒，"她憋着气说，"你是男子汉，不要耍赖。你不要逼我，我们已经都讲好了，在青年公园，我们已经把一切都了断了。如果你继续逼我，我告诉你……我会……我会……"她咬住嘴唇。"你会怎样？"他问。"并不是只有可慧会做那件事，"她咬牙说，"如果是我做，我不会允许达不到目的，因为，我家住在第十二层楼！"

电话那端，高寒似乎倒抽了一口冷气。

"我投降。"他急促而窒息地说，"我都听你，都依你，你要怎么做，就怎么做，我投降。"

"那么，永远别再打电话给我，永远别来看我，永远也不要再来烦我！"她挂断了电话。

倩云端着牛奶和食物进来了。

"怎么回事？高寒找你干什么？他不是和钟可慧打得火热了吗？""是，"她吸吸鼻子，"小两口吵了架，要我当和事佬。"她撒谎撒得像真的。"你还管他家的事呀！"倩云瞪大了眼睛，"让他们去吵！最好吵得屋顶都掀掉！"盼云望着倩云，心里忽然掠过一个想法，如果是倩云嫁到钟家呢？看着倩云那坚定的神态，她知道，如果是倩云，所有的事都不一样了！文樵不一定会死，倩云也绝不可能和可慧爱上同一个男孩子，如果真发生了，倩云也不会从这战场上撤走。悲剧，是每个人自己的性格造成的。忽然，她觉得自己是有些傻气的，或者，她该和高寒逃走？或者，她不必去管可慧的死活？或者……她咬咬牙，似乎又看到可慧那攥住自己衣襟的手、那哀哀欲诉的眼神、那含泪的眸子，还有那躺在车轮前的身体……她猛一甩头，把这卑鄙的念头甩掉了。

接下来的日子似乎变得很平静了。

盼云住在娘家，几乎足不出户。连续两个月，她都大门不出，二门不迈。有时，倩云急了，才拉她出去看电影。如果要她逛逛街，她就毫无兴致了。她仍然在消沉之中，消沉得像是又回到三年前，文樵刚死的日子中去了。但是，那时的她是大刺激后的悲切，现在，她却平静得出奇。她对楚大夫说："以前看屠格涅夫的小说，他有句话说：'我正沉在河流的底层。'我总是看不懂，不知道怎样算是沉在河流的底层。现在，我有些明白了，我正沉在河流的底层。"

"是什么意思？"楚大夫问，"我不懂。"

"我沉在那儿，河流在我身上和四周流过去，是动态的。我呢？我是静态的，我就沉在那里，让周围的一切移动，我不动。""是一种蛰伏？""也是一种淹没。"楚大夫深深看她一眼，沉思着不再说话。这些日子，楚鸿志成了家里的常客，几乎天天来报到。看病已经不重要，他常和盼云随便闲谈，他是个很好的谈话对象，他从不问在钟家发生过什么事，从不提任何与钟家有关的人物。如果她提了，他就听着。她不提，他也不问。渐渐地，盼云发现楚大夫的来访，很可能是父母刻意的安排了。包括情云在内，大家都有种默契，楚大夫一来，大家就退出房间，让他们单独在一起。盼云对这种"安排"也是懒洋洋的，无所谓的，反正，她正"沉在河流的底层"。

这年的冬天特别冷，寒流带来了阴雨，整日连绵不断地飘落着，阴雨和冬天对于心情萧索的人总是特别有种无形的压力。盼云常整日站在窗前，只是看雨。贺家夫妇为了提起她的兴致，特别买了一架新钢琴，她坐在琴边，完全弹不成曲调。强迫她弹下去，她会对着琴键泪眼凝注。于是，全家都不勉强她做什么。但，她自己却在壁橱里，找到一支她学生时代用的古筝。拭去了上面的尘垢，她有好些日子沉溺在古筝中。中国的乐器和曲调，弹起来都有种"高山流水"的韵味，涓涓轻湍，温存平和。她也就陷在这种和穆中。楚大夫很满意这种转变，他常坐在她身边，听她一弹弹上好几小时。有次，她问："我这样一直弹古筝，你不厌倦吗？"

"我觉得很安详，很平静。"他深深注视她，"而且，有种缓慢的幸福感，好像，我正陪你沉在河流的底层。有种与世无争、远离尘世的感觉，我喜欢这感觉。"

她心底闪过一缕警惕，他话中的含意使她微微悸动。第一次，她认真地打量楚鸿志。他是个成熟的、稳健的男人，既不像文樵那样潇洒漂亮，也不像高寒那样才华横溢。他平静安详，像一块稳固的巨石，虽然不璀璨，不发光，不闪亮……却可以让人安安静静地倚靠着，踏踏实实地倚赖着。她注视他，陷入某种沉思里。他在她这种朦胧深黝的眼光下有些迷惑，然后，他忽然扑向她，取走了她怀里的古筝，他握住她的双手，深沉而恳挚地说："有没有想过一个画面。冬天，窗外下着雪，有个烧得很旺的壁炉，壁炉前，有个男人在看书，两个孩子躺在地毯上，和一只长毛的小白狗玩着，女主人坐在一张大沙发中，轻轻地弹弄着古筝。"她的眼光闪了闪。"什么意思？"她问。"我在美国DC有一幢小小的屋子，DC一到冬天就下雪，我们的屋里有个大壁炉。"他说，"我很少住到那儿去，一来这边的工作需要我，二来，没有女主人的家像一支没有主调的歌，沉闷而乏味。"

她抬起眼睛来，定定地看他。奇怪这么些年来，她从没有注意过身边这个人。奇怪着他讲这话的神情。平静，诚挚。但是，并不激动，也不热烈，没有非达目的不可的坚持，也没有生死相许的誓言，更没有爱得要死要活的那种炙热。这和她了解的感情完全不同，和她经历过的感情也完全不同，这使她困惑了。"你在向我求婚吗?"她坦率地问。

"一个提议而已。"他说,"并不急。你可以慢慢地考虑,随便考虑多久。""你很容易为你的家找个女主人,是不是?"她说,"为什么选了我?"他笑了,凝视着她。"并不很容易。"他说,"五年前,你没有正眼看过我。你那幻想世界里的人物,我完全不符合。你一直生活在神话里。"

"噢!"她轻呼着,讶异着。五年前,难道五年前他就注意过她?"而我呢?"他淡淡地说,"我的眼光也相当高,很难在现实生活中找到理想的人物。男女之间,要彼此了解,彼此欣赏,还要——缘分。""这不像心理医生所说的!"

"暂时,请忘记我是心理医生,只看成一个简单的男人!好吧?""你并不简单。"她深思着,"为什么在美国?为什么在 DC?""我在那儿有聘约,有工作。"他看了她一眼,"最主要的,我要带你离开台湾,我不想冒险。"

"冒险?"她惊奇地问,"冒什么险?"

"你在这儿有太多回忆,换一个环境,能让你比较清醒,来面对这个真实的世界。你心灵中有个影像,对你、对我都不好,假若你有决心摆脱这个影像,摆脱你脑中那份浪漫色彩浓厚的爱情观,我们离开这儿! 一个新的开始! 一个家庭主妇,虽然平凡,保证幸福。"

她看他,不说话。如果没有爱情作基础,婚姻怎么会幸福? 你是心理医生,你不知道人类内心的问题有多么复杂吗? 心中的影像? 你指的是谁? 文樵? 还是高寒? 你到底了解我多少? 居然敢作如此大胆的"提议"?

他紧握了她一下。"想什么？想我太冒失，太大胆？"

"噢！""这种提议需要勇气。"他笑笑，放开了她的手，他拍拍她的肩膀，"但是，绝对不是对你的压力，你可以很轻松地说'不'，放心，说'不'并不会伤害我！"

"那么，"她舔舔嘴唇，"你的提议并不出于爱情？你并不是爱上了我？""爱有很多种，人也有很多种，"他看她，认真地说，"不要拿你经历过的爱情来衡量爱情。你，倩云，和你的朋友们……多半从小说和电影里去吸收有关爱情的知识，于是，爱情就变成了神话。盼云，我很喜欢你，喜欢得愿意冒个险来娶你，但是，我并没有为你疯狂，失去你，我也不会死掉。"

"冒个险，你一再提这三个字，为什么？"

"因为你的爱情观和我不一样，这样的婚姻本身就很危险，你希望的男人，是可以为你生为你死的那种！"

"你不是？""不是。"她凝视他，思索着他的话，看着他的表情。神话？爱情是神话吗？她已经遭遇过两次"神话"，带给她的都只有锥心的痛苦。或者，她该只做个平平凡凡的人了；或者，只有平凡的人才有资格享受幸福。她想得出了神，想得有些糊涂了。

"不要太快答复我，"楚鸿志又对她笑笑，"你需要很透彻的考虑，而不是一时的激动。想清楚，你再告诉我，想一年两年都可以，我并不急。"

她惶惑地看他，笑了。

"你是个怪人，"她说，"处理感情的事，你也像在处理文件。""你举例并不恰当,"楚鸿志笑得含蓄,"文件也有最速件、速件,和普通的待办案件。你不是我的文件。"

她怔着,在这一刹那,才觉察出一件事,人,确实有很多不同的种类。楚鸿志,实际上是深不可测的!

有了这次提议以后,盼云的生活并没有什么不同。楚大夫仍然常常来,她也仍然常常坐在那儿弹古筝。他们都不再提这件事,如同这提议根本没有提出过一样。盼云并非没有考虑过,但是,那锥心的惨痛仍然鲜明,那心底的影像那么深刻,她绝不认为,像自己这样一个女人,会成为楚大夫的好妻子。她更不认为,幸福的本意就是坐在壁炉前,为一个自己不爱的丈夫弹古筝。

这样,雨季不知不觉地过去了,春天又来了。

春天仍然不是盼云的,抱着尼尼,独坐窗前,她的思绪会跑得好远好远。她还是"沉在河流的底层",固执地沉在那儿,不想浮起来,不想透口气,也不想去窥探河流上面的世界。然后,有一天晚上,倩云从外面回家。她走进盼云屋里,脱下外套,很神秘地说:"告诉你一件怪事。""哦?""好多日子以来,我都觉得我们大厦对面,在那个建了一半的大厦工地上,有个人常常在那儿走来走去,望着我们大厦发呆。我以为是工地上的监工,或者是管理员之类,根本没注意他。今晚,我闷着头走路,无意之间,居然和那人撞了一下,我抬头一看,你猜是谁?"

"是谁?"盼云本能地问着,已经开始心慌慌起来了。不要是他！不能是他！"是高寒！"倩云望着那瞪大眼睛的盼云。"你忘了吗？就是钟可慧的男朋友！""唔。"她哼了一声。"我问他在这儿干什么，他说：'走路！'你瞧怪不怪！然后，他反问我了一个怪问题，他说：'那个每天往你家跑的医生是不是在追你呀？'我说：'关你什么事？'他说：'关系大了！'你瞧，这人不是有些神经病！"

贺太太端着碗红枣汤走了进来，这些日子，她就全心全意地忙着调理盼云。一会儿红枣汤，一会儿当归鸡，一会儿枸杞子……就希望把盼云喂胖一点儿。她在屋外就听到倩云说的话了，走进屋来，她问："高寒是谁？""医学院的同学！""哈！"贺太太笑着，"八成看上你了！"

"看上我吗？"倩云打鼻子里哼了一声，"假若是一年以前的高寒，追我呢，我还有兴趣，现在的高寒，送给我我也不要！""怎么呢？"盼云蹙了一下眉，追问着。"一年以前，他在学校里的风头可大了！开一次舞会，谁能和高寒跳一支舞，第二天就可以轰动全校！他能笑能闹会弹会唱会作曲，弄了个'埃及人'合唱团，校里校外都出风头。他自己也神采飞扬，又高又帅又挺拔！可是，自从他和钟可慧交上朋友，他就完了！""怎么呢？"盼云再问。

"他们这段恋爱怎么谈的，你该比我清楚。反正，可慧出了车祸，大家盛传高寒衣不解带地服侍，为了可慧，在学校里一天到晚旷课，是不是呀？"

第九章

"嗯。"盼云哼了一声。

"从此,这个人就变了。合唱团解散了,他歌也不唱了,学校所有活动,他一概不参加。而且,他越来越嬉皮了,头发不理,胡子不刮,穿得拖拖拉拉,人也变得霉起来了,整天无精打采。前两天碰到高望,他说,他哥哥这学期要当掉了!他爸爸气得快要发疯,因为,他们高家的经济环境并不好,支持两个儿子念大学并不容易!尤其是医学院!"

"唉,"贺太太把红枣汤递给盼云,"这叫家家有本难念的经!""我看,"倩云自顾自地说,"他们钟家有点邪门,谁沾上谁倒霉!人家小伍和苏——谈恋爱,虽然也吵吵闹闹,可是,两个人都容光焕发的,谁会像他们这一对,弄得两个人都霉气!""噢,"盼云一惊,"可慧呢?可慧怎么样?"

"你不知道?"倩云惊讶地说,"她跛了!一只脚比另外一只短了两寸,你晓得她多爱漂亮的,她本来活泼得像什么似的，现在变得也不说话了，常常对着要好的同学就掉眼泪。"

"哦！"盼云呆着，一口红枣汤噎在喉咙里，差点呛着。她望着碗里的红枣，不自禁地叹了口气。

"好了！"贺太太机警地看了倩云一眼，"管他们钟家的事呢？反正与我们没关系，不要谈他们了！"

但是，谈可以不谈，想却不能不想。盼云又有好几天神思恍惚。站在窗前，她常下意识地向对面工地瞭望着。每当看到有那似曾相识的身影，她就止不住心跳不已。是的，谈是可以不谈，但是，大家都住在台北，人与人的关系实在太难斩断啊！这天午后，出乎贺家的意料，可慧来了！

贺太太一打开房门，看到是可慧，她就想找借口关门。但是，盼云正在客厅里整理靠垫，一眼就看到了可慧，她立刻热心喊了出来："哦，可慧！"同时，可慧奔了进来，直扑盼云，眼眶儿红红的，声音哑哑地叫了一声："小婶婶！"立即，盼云紧握住可慧的手了。于是，贺太太知道无法阻止她们见面了。盼云拉着可慧的手，把她一直带进自己房间里。一看可慧那红肿的眼皮，那带泪的眸子，那瘦削的下巴……和那满身抖落的憔悴，以及那走路时一跛一跛的样子……都引起盼云内心深处的酸楚和同情。活泼的可慧！会笑会闹的可慧！天真动人的可慧！不知人间忧愁的可慧！怎么会弄得这么可怜兮兮的？房门一关起来，可慧的眼泪就出来了。她紧握着盼云的手，像受了委屈的孩子，好不容易看到亲人一样，她的泪珠扑簌簌地滚落，她抽噎着说：

"我完了！小婶婶，我不想活了！"

"哦。"盼云心中一紧，眼前立即闪过可慧纵身飞跃进车海中的镜头。她坐下来，把可慧按进自己对面的椅子中，撕了一张化妆纸，她递给她，可慧立即用化妆纸去按住眼睛，泪水湿透了那薄薄的纸张。"不要急，可慧，"盼云温和地说，"有什么委屈，你告诉我！说出来心里就会舒服了！什么事？"

"你瞧，我跛了，我的腿再也好不了了。"

"这并不要紧，可慧，很多人身体上的缺陷比你严重了一千倍，他们还是照样活得好好的！而且，你的心智、才华、容貌……都没有因为你的腿而减少一分原来的美好，是不是？"

"可是，小婶婶，"可慧把遮着眼睛的化妆纸揉成一团，注视着盼云，她眼中满含忧愁和恐惧，"我告诉你，高寒会不要我了！""胡说！"盼云接口，"他绝不是那种男人，他绝不会因为你有这么一点点小缺陷，就停止爱你！这是你自己多心！你太敏感，太在乎这个缺陷，你就开始胡思乱想了。"

"不，不是胡思乱想。"可慧紧盯着盼云，恐惧得嘴唇发白，"我告诉你，小婶婶，高寒心里有了别人！"

盼云心中猛跳，震动了。难道她恢复了记忆？

"有了谁？"她问。

"我不知道是谁。"她忧愁地说，"我只是感觉得出来，他心里有了别人！""哦！"盼云松了一口气，她并没有恢复记忆，"那是你的幻想。可慧，你太担心失去高寒，所以你就有了幻觉。"

"不，"可慧摇着头，泪眼迷蒙，"他常常对着我发呆，他心神不定。有的时候，我觉得他的人虽然在我身边，他的心离我好远好远，我不知道他在想什么。噢，小婶婶！"她苦闷地低喊，"我真希望，我出车祸的时候就死掉了，那时，我是最幸福的，最快乐的！""不要乱说！"盼云战栗了一下。

"真的。"可慧盯着她，"高寒如果真变心了，我是不要活的！我跟你说，我宁可死掉，也不能失去高寒！我讲真话！"

盼云又战栗了，觉得背上冒着凉意。

"你为什么认定高寒会变心呢？"她无力地问。

"我们吵架，昨天晚上，我们吵架了！因为高寒总是不守时，他对我迟到，对学校上课也迟到，他的功课又当掉了！我骂他没有责任感，说他不够积极。他居然对我大吼大叫地说：'我是没有责任感，我是不积极，我甚至不是男子汉，因为如果我是男子汉，我就去追别人了！'哦，小婶婶，我好怕、好怕，告诉我怎么样可以让他不变心？我好怕好怕！"

"不要怕，"她咬咬牙，深吸了口气，"你不要去记住吵架时候的话，人一生气，什么话都说得出来！放心，可慧，他不会对你不负责任的！""我很怀疑。"可慧打开了手提包，拿出一张皱皱的纸来，对盼云说，"你看看，这是什么意思？他现在只要安静下来，就拿笔在纸上涂这两句话！他又不要参加大专联考，写什么训词？"盼云接过那张纸，打开来，立刻看到高寒那遒劲的笔迹，在整张纸上写满了两句话：

不到最后关头，绝不轻言牺牲，
不到最后关头，绝不放弃希望！

盼云握着纸，怔着。半晌，她抬眼望着可慧，勉强地说："这不能证明什么呀！"

"证明他心里还有一个女人！"可慧神经质地叫着，伸手握住了盼云的手腕，揉着，晃着。她求助地、哀切地看着盼云。"你不懂吗？我已经把整颗心都给他了！还有什么'绝不轻言牺牲，绝不放弃希望'的话！这是对另外一个女人而言的！"盼云悚然而惊，她瞪着可慧。爱情，爱情是什么？会让一个小女孩变得如此敏锐，如此纤细？她瞪着可慧，看到的是可慧那茫然无助的神态、那哀哀切切的眼睛、那憔悴瘦削的面颊、那恐惧忧虑的样子……她的小手神经质地攥着盼云，那样不安地蠕动，那样不安地拉扯……

"哦！"可慧仰了仰头，让泪珠在眼眶里转动，"我真想死！我真想死！我真想知道他不要牺牲的是谁，不想放弃的是谁。我真想知道！"盼云背上的寒意更深了，她打了个寒战。

"可慧，"她幽幽地说，"我跟你保证，不会有这个女人！我跟你保证！"她把她的头揽进怀中。

于是，五月，盼云和楚鸿志闪电结婚。婚后，她立刻就和楚鸿志直飞美国。

夏天来了。可慧坐在沙发里。她的膝上放着两封信，她已经对这两封信翻来覆去地看了好几小时，一面看，一面沉思，一面转动着眼珠，不自禁地微笑着。高寒坐在另一张沙发里，手里抱着本又厚又重的医书，拿着铅笔，在书上勾画。

他这学期要重修两门功课，他已下定决心，不论心底还有几千万种煎熬，也要把书念好。

客厅中只剩下他们两个，由于好些日子来，两人之间有些摩擦，钟家老一辈的，就更加避开他们，给他们积极制造单独相处的机会。好半天了，室内都安安静静的。终于，高寒耐不住那股沉寂，他抬起头来望着可慧。可慧还在看那两封信，她的眼珠又生动又活泼，脸上漾着笑意。什么信使她这么开心？使她又恢复了调皮和一些近乎戏谑的神情？他有些惊奇了，放下书本，他问："你在看谁的信？""呵！"可慧眼珠大大地转动了一下，微笑地望着他，"我终于引起你的注意了？"

原来在使诈！高寒立刻再抱起书本。

"你继续看信吧，我不感兴趣。"

"哦，是吗？"可慧笑着，用手指弹着信纸，自己报了出来，"一封是徐大伟写来的，他说他军训快受完了。马上有家化工厂聘请他去工作，他说——他还在等我，问我的意思如何。"他抬眼看了她一眼，虚荣，你的名字是女人。

"好啊！"他说，"如果你又看上他，我无异议！你尽可不必顾虑我！""哼！"她轻哼了一声，仍然好脾气地微笑着，"你怎么一点醋劲都没有？实在不像个爱我爱得如疯如狂的人，很多时候，我都觉得你有点冷血。"

"说不定是冷血，如果有一天你发现我的血液是绿颜色的，不必奇怪。""我早就发现了，是黑颜色，黑得比黑夜还要黑。"

"看不出，你还有点文学头脑。"他笑了笑，用铅笔敲着那厚厚的原文书。"你看不出的地方还多着呢！"可慧笑着，面颊涌上了两团红晕。难得，她今天的脾气好得出奇。

"还有一封信是哪个崇拜者寄来的？"高寒不经心地问，"原来你现在还收情书。""我一直就没断过收情书。我为什么要断？我又没嫁人，又没订婚！""嗯。"他哼了一声，逃避地把眼光落回书本上去。他不想谈这个问题。可是，可慧的沉默又使他有些不安，有些代她难过。被一个"不爱自己"的人"爱着"，太苦！被一个"自己不爱"的人"爱着"，也太苦！他叹了口气："可慧，你知道，我不毕业，是无法谈婚姻的！……"

"哟哟哟！"可慧一迭声地叫着，"我又没向你求婚，你紧张个什么劲？你无法谈婚姻，即使你有办法谈婚姻，我还要考虑考虑呢！""哦！"他再应了一声，不说话了。看样子，自己的话又伤了她的自尊了？他偷眼看她，她仍然在拨弄着信纸，脸上的表情是深思的。"还有一封不是情书，是从美国寄来的。我想你不该忘记她——贺盼云！"高寒整个人都震动了，铅笔从书本上滚落到地毯上去。他的心仍然绞痛，他的意志仍然迷乱。盼云已经嫁了，那闪电的结婚，闪电的离台……只代表一个意义，断了他所有的念头！断了他所有的希望！盼云，你做得太绝！做得太傻！做得太狠！他弯腰拾起地上的铅笔，来掩饰自己的失态。他相信，自己的脸色一定发白了，贺盼云，这个名字仍然使他全心痉挛。可慧似乎并没看出他的失态，她全神贯注在那封信里。

"贺盼云，我现在只能叫她贺盼云，是不是？"她说，"她既然变成了楚太太，我总不能还叫她小婶婶。"她望着信纸。"她的信写得很好，她告诉我，感情需要细心地培养，就像花草需要灌溉一样，她要我收敛一些孩子脾气，对你——她提到你，高寒！——对你耐心一些，要我不只爱你，还要鼓励你，帮助你，扶持你……！高寒，贺盼云也昏了头，她怎么不要你来鼓励我？帮助我？扶持我？跛了脚的是我又不是你！"高寒胃里在抽搐翻搅，最近，他经常胃痛，一痛起来就不可收拾。他知道这病症，由郁闷、烦躁、痛苦、绝望——和睡眠不足、饮食不定所引起的，可能会越来越严重。但是，他懒得去理会它。"怎么了？你？"可慧伸头看看他，"你额上全是汗。天气太热了吗？冷气已开到最大了。"

他伸手擦掉额上的汗。

"别管我！"他说，假装不经心，"她信里还说了什么？"

"她说，美国的空气很好，她正学着当后妈……你知道，楚大夫的前妻还留下一儿一女。她说她在教女儿弹古筝，只是不再有兴趣弹钢琴了。她还说——她正在体会一种平凡的幸福，预备不再回国了！"

高寒的胃疼得更凶了，他不得不用手压住胃部。平凡的幸福，那么，她还能得到幸福？不，这只是自欺欺人的话罢了。所有的幸福都不是平凡的！既然加上平凡两字，就谈不上真正的幸福了。预备不再回国了，这才是主题。一封简短的信，说出了她的未来，丈夫、儿女。是的，她已经嫁人了！是的，她已经飞了。是的，她已经属于另一个世界另一个男人了！盼云，你做得太绝！你做得太傻！你做得太狠！他用手支住头，握紧了铅笔。"啪"的一声，铅笔拦腰断成了两截。

可慧抬眼看看他，她依然好脾气地笑着。从沙发里站起身子，她把两封信都折叠起来，收进她那宽裙子的大口袋里。然后，她走近他，挨在他身边坐下，她伸出手来，握住了他那只玩弄铅笔的手。"你在发抖。"她轻声说，"你把铅笔弄断了，你的手冷得像冰……你又在犯胃痛了，是不是？"她把头靠在他肩膀上，长睫毛扇呀扇的，几乎碰到他的面颊。她的声音冷静而清晰："你怕听这个名字，是不是？"

他惊动了一下。"什么名字？"他不解地问。

"贺——盼——云。"她一个字一个字地说。

他迅速地调头看她。她的面颊离他好近好近，那对美丽的大眼睛睁得大大的，清亮而明澈。她的嘴角带着盈盈的笑意，笑得甜蜜，笑得诡谲。她的眉毛微向上挑，眼角、嘴角全都向上翘着，她浑身上下，突然充满了某种他全然陌生的喜悦。一种胜利的喜悦，一种诡秘的喜悦，一种得意的喜悦。

他忽然有些天旋地转起来。

"你是什么意思？"他哑声问。第一次，他对面前这张美丽的小脸庞生出一种恐惧感。"你是什么意思？"他重复地问着。"你不懂？"她挑挑眉毛，笑着，低叹着，用手搓揉着他那发冷的手背，"唉！你实在该懂。贺盼云嫁了，你最后的希望也幻灭了！""可慧！"他惊喊。"不，不，不要叫。"她安抚地拍着他，像在安抚一个孩子，"不要叫，也不要激动，让我慢慢告诉你，假若我一直看不出来你爱的是贺盼云，你们也太低估我了！你们把我当成可以愚弄的小娃娃，那么，你们也尝一尝被愚弄的滋味……""可慧！"他再叫，抓住了她的手腕，"你在说些什么？可慧！你不要胡说八道，你不要开玩笑……"

"哈哈！"可慧笑了起来，笑着，她轻轻地用嘴唇吻了吻高寒的面颊，"高寒！你真可爱！你天真得可爱！傻得可爱！你实在可爱！"她站起身来，轻快地跳向唱机，放上一张迪斯科唱片，她跟着唱片舞动，自言自语地说："我要在徐大伟回来以前，把迪斯科重新练会！"

他跳起来，冲过去关掉唱机，抓住了可慧的肩，他把她捉回到沙发边，用力按进了沙发里面，他苍白着脸说：

"把话说清楚，你在讲些什么？"

"我在讲，"她又挑起眉毛，扬起眼睑，眼睛亮晶晶而水汪汪的，"这是两个女人的战争，我和贺盼云的战争。你是我们争夺的物件。你懂了吗？傻瓜？你很幸运，你被我们两个女人所爱；你也太不幸了，会被我们两个女人所爱！"

他的脸更白了。"你什么时候发现的？"他颤声问，"你什么时候发现我和盼云相爱的？""我很笨，我一直没发现。"她的瞳仁闪着光，幽幽的光，像黑夜树丛中的两点萤火，"是你自己告诉我的。"

"我告诉你的？我什么时候告诉你的？"

"唉！"她叹口气，天真而诧异地看着他，"你忘了吗？在'杏林'，你亲口告诉我，你爱的是盼云而不是我！你说除了盼云，你心里再也容纳不了别的女人！"

他的脑子里轰然一响，像打着焦雷。他瞪着她，像看到一个怪物。他的面颊由白转红，又由红转白，他的眼珠瞪得那么大，几乎突出了眼眶，他压低了声音，喃喃地、不信任地、一迭声地说："不！不！不！"

"什么东西不不不？"她更天真地问。

"你的失忆症！"他叫了起来，"原来你是假的！你从没害过失忆症！你清清楚楚记得'杏林'中的事！你装的，你假装记不得了！你装的！你装的！你装的……"

"是呀！"她闪动着睫毛，"我除了假装失去记忆之外，怎样才能演我的戏？怎么样才能打倒贺盼云……"

"你……"他大喊，扑过去，他忘形地摇撼着她的肩膀，疯狂地摇撼她。他每根血管都快要爆炸了。"你装的！你装的！"他悲惨地呼叫着，"你骗了我们两个！你不是人！你是个魔鬼！你逼走了贺盼云！你逼她嫁了，嫁给一个她不爱的男人！你毁了我们两个！你……""不要叫！"可慧厉声说，收起了她那股伪装的天真，她的脸色也变白了，她的眼珠黑黝黝地闪着光，她的嘴角痛楚地向下垂了垂，她的声音低沉而有力。"听我说，高寒，我曾经爱你爱得快疯掉，到'杏林'以前，我整个世界只有你！我爱你，爱得可以为你做任何事！知道我这份感情的只有贺盼云！我对她没有秘密，我把心里的话全告诉她。但是，她出卖了我！她从我这儿套出你的电话号码，套出我们的约会地点……她以她那副小寡妇的哀怨劲儿，去迷惑你，去征服你……""她没有，她从没有……"他挣扎地喊着。

"不要喊！"她再低吼，抑制了他的呼叫，"如果她没有，算我误会她！反正结果是一样的！听我说，在我去'杏林'见你的时候，我心里最崇拜和喜欢的两个人，一个是你，一个是她！但是，那次见面把我整个的世界都打碎了！你们不知道你们给我的打击有多重！我当时就想，你们两个能这样对待我，我就只能死了！只能死了！我冲出'杏林'，跳进那些车海里去的时候，我只想死，一心一意只想死……如果我那时就死了，也就算了，偏偏我没死成，又被救活过来了……"她瞪着他，眼中燃烧着两小簇火焰，"我躺在那儿，意识恢复以后，我不睁开眼睛，只是想，我要报复，我要报复，我要打胜这一仗！""你——"他咬紧嘴唇，咬得嘴唇出血了，他浑身都气得颤抖起来，眼里布满了血丝，"你怎么能这样做？你怎么狠得下心这么做？""狠心？你们对我不够狠吗？你们把我从天堂一下子拉进地狱里，你们不够狠吗？……"

"老天！"高寒用手捶着太阳穴，"盼云那天去'杏林'，根本是为了阻止我对你说出真相……她对你那么好，好得可以做任何牺牲，她把你看成世界上最纯洁最善良最柔弱的小女孩……而你……而你……"他喘不过气来了，胃部完全痉挛成了一团。"是吗？"可慧问着，眼睛仍然燃烧着，声音却冷静而酸楚，"那是她的不幸，她把我看得太单纯了。事实上，在去'杏林'以前，我确实是她所想的那样一个小女孩。'杏林'以后，小女孩长大了，经过了生与死的历程，小女孩也会在一瞬间成熟，也会懂得如何去争取自己要的东西，如何去打赢这一仗。""你打赢了吗？"他倏然抬起头来，厉声问，"你现在算打赢了吗？你以为你打赢了吗？告诉你！"他喊着，"我一直没有停止过爱她，一直没有停止过！"

她笑了，笑得有些凄凉。

"我完全知道！"她说，"还没出医院，我只要看你的眼神，我就知道这个仗很难打赢。出院第一天，该死的你，把热水瓶翻倒在手上，为了逃避唱歌给我听！你做得太驴了、太明显了，我恨不得咬碎你们两个……那样默默相对、生死相许的样子！我恨透了……""所以，你赶走了她！"他叫着，"是你，是你，你制造出一个误会，制造出盼云和你爸爸的暧昧……"

"那并不是我制造的！"她冷冷地、苦涩地接了口，"我只是利用了一下时机而已。你要知道那晚真正的情形吗？"她对他微笑着，"贺盼云是下楼来打电话的，她房里一直没有装分机。爸爸坐在黑暗中，爸爸猜到了我们之间的事，也猜到了贺盼云跟你的感情。而我呢？我一直没睡，我在想怎么样才能让你对贺盼云幻灭……然后，我听到她下楼，我就爬出房间，躲在楼梯口偷听！哈！爸爸跟她摊了牌，你猜她跟爸爸怎么说？她要爸爸帮助你，哭着要爸爸帮助你……她真深情，是不是？"高寒的嘴唇咬得更紧了，牙齿深陷进嘴唇里。

"我尖叫，"可慧继续说，"故意把妈妈奶奶都引出来，故意造成那个局面，我赶走了她。我终于不落痕迹地赶走了她。我想，当你知道你不是她唯一一个爱人时，你就会醒了，你就会全心爱我了。但是，我又错了，你真固执呵，你真信任她呵！你对她不只是爱，已经到了迷信的地步了。于是，我终于明白了一件事，我永远不可能得到你了。但是，高寒，我得不到的东西，我也不会让别人得到的！如果我爱过你，到这个时候，已经变成恨了。高寒，我恨你，恨你们两个！"

他闭了一下眼睛，再睁开来，死盯着她，已经越听越稀奇，越听越混乱，越听越激动，越听越不敢相信……

"难道，也是你让她嫁给楚鸿志的吗？"他握着拳喊，呼吸急促，"你总没有那么大的力量吧？"

"我是没有，"她冷笑着，"但是你有。"

"什么鬼话？"她从口袋里掏呀掏的，掏出了那张皱皱的字条，打开来，她慢吞吞地念："不到最后关头，绝不轻言牺牲。不到最后关头，绝不放弃希望。记得吗？是你写的！一天到晚，就写这两句话！你不放弃谁？你不牺牲谁？我拿了这张纸去找贺盼云，对她哭诉你变了心，我把字条给她看。她那么聪明，那么敏感，当然知道，必须做个最后的决定了。像贺盼云那种女人，如果要嫁人，总有男人等着要娶的。我并没有算错。现在，贺盼云嫁了，去美国了！整个戏也演完了，我不耐烦再演下去了！现在，你懂了吗？"他重重地呼吸着，胸腔沉重地起伏着，他简直不能喘气了。愤怒惊诧到了顶点，他反而变得麻木了。原来，这一切都是她在操纵，她在导演！她在安排！她，那天真纯洁的钟可慧！半晌，他才勉强回过神来："为什么要告诉我这些？"

"让你知道，你实在不该放弃贺盼云的！"

"为什么要让我知道？"

"因为我已经决定放弃你了！"她微笑了一下，"我再笨，也不会笨到去嫁给一个爱着别的女人的男人！既然我无力把贺盼云从你心里连根除去，我就放弃你！"

"为什么不早一些放弃我？"他终于大吼出来，吼得房间都震动了。"在贺盼云结婚以前吗？你休想！"她笑起来。"我说过，我得不到的东西，我也不要别人得到！现在，你自由了！高寒，你自由了！你不用对你的良心负责任，也不必对我负责任了！去追她吧！追到美国去吧！追到她丈夫那儿去吧！去追吧！去追吧！如果你丢得下学业、父母，你又筹得出旅费、签证，你就追到美国去吧！让我看看你们这一对能不能'终成眷属'……"高寒抓住了可慧的肩膀，他的眼睛血红。

"钟可慧，"他一个字一个字地说，"你太可怕，太可怕了！你为什么当初不死？""这么恨我？"她笑着问，泪珠涌进了眼眶，"要知道，我当初求死要比求生容易多了！要知道，我这场戏演得多辛苦多辛苦，只为了你能爱我！高寒，你是有侵略性的，你是积极争取的，易地而处，你也可能做我所做的事！"

"我会做得光明正大！"他大叫，"我不会这样用手段，这样卑鄙！"他心疼如绞，目眦尽裂，所有的愤怒、痛楚，像排山倒海般对他汹涌而来，他痛定思痛，再也控制不住自己，举起手来，他狠狠地给了可慧一个耳光："你……你太狠！太狠！太狠！"举起手来，他再给了她一个耳光。

可慧被他一连两个耳光，打得从沙发上滚倒在地上。她扑伏在那儿，头发披散下来，她微微抬起头，看着他，她嘴角有一丝血迹，她的眼睛明亮而美丽。

"你知不知道一件事……"她慢慢地说。

"我什么都不知道！"他狂叫着，"我是个傻瓜！是个笨蛋！我不要知道，再不要知道你说的任何事情……"

"你不能不知道一件事，"可慧清晰地说，眼里含着泪珠，嘴角却带着笑，一种悲壮的、美丽的、动人的笑，"我虽然胜利了，我却宁愿我是贺盼云！"

楼梯上一阵门响，一阵脚步声、奔跑声，钟家的人都惊动了，一个个从楼上冒了出来，诧异地望着楼下，翠薇吃惊地问："你们小两口在干什么？怎么越吵越凶了！"

"妈，"可慧抬头，"我们不吵了，以后永远不吵了！"她从地上爬了起来，抹掉了唇边的血迹，骄傲地挺直了身子，"我刚刚放掉了他！把他从监牢里放出来了！爱情，有时就是个监牢，我释放了我自己，也释放了他！"

高寒咬紧牙关，望着她。她站在那儿，又坚定，又骄傲，又成熟。她唇边始终带着笑，是胜利的笑，也是失败的笑。奇怪的是，她满脸焕发着一种美丽，一种凄凉悲壮的美，几乎是令人屏息的美。高寒看着看着，眼前的一切似乎完全不存在了，像水面的涟漪一样在晃动飘散，什么都没有了，没有了，没有了……他看不见什么，听不见什么，脑子里只剩下一个名字，一个刻骨铭心、时刻不忘的名字。那名字在烧灼着他，震撼着他。他忽然反身狂奔，一下子冲开了钟家的大门，用尽浑身的力量，迸裂般地呼唤出那个名字："盼云！"他的声音冲破了暮色，在整个空间绵延不断地扩散开来，一直冲向那云层深处。

第十章

数年后。又是夏天了,天气特别地燠热。

医院,似乎也变成了观光旅社、餐厅之类的地方,从早到晚,人来人往,简直不断。流行感冒正在蔓延,内科医生没有片刻休息。偌大一个大厅,每张沙发上都坐着人,走廊上的候诊椅上,就更不用说了。这个世界是由人组成的,几乎没有一个地方没有人潮。

高寒已经忙了一整天,早上七点钟就开始值班,看了大约一百个病人,巡查了病房,听了内科主任好几次训话……终于,下班了。他透了口气。想起小儿科病房有个小男孩,和他交了朋友,每天一定要见见他。他就穿过大厅,往小儿科病房走去。在大厅到走廊的转角处,有个女人正弯着腰系鞋带,他下意识地看看那双鞋,黑色高跟鞋,脚踝上绕了好几圈带子,那女人有一双漂亮的脚和匀称的小腿。忽然,他震动了一下,在那女人的脖子上,垂着个坠子。由于她正弯着腰，那坠子就荡在半空中：一个狮身人面像！

可能吗？再一个"偶然"！他血液的循环加快了，心跳加速了，他走过去，停在那女人的面前。那女人感到自己身边增加了个阴影，看到了那医生的白制服，她系好鞋带，站直身子，面对着高寒了。"盼云！"高寒低喊了一声，喉中居然有些嘶哑。她长身玉立，衣袂翩然，还是以前的模样！所不同的，她更成熟了，更美了，更有种女性的妩媚了。她以往总穿黑色和暗色的衣服，现在，却是一袭丝质的鹅黄色衣裳，说不出的雅致，说不出的飘逸。她站在那儿，以一种不信任似的眼光，深切而惊讶地看着他，好半天，才说出话来：

"高寒！是你啊！你当了医生了？"

"实习医生。"他更正着，紧盯着她，"你——来医院做什么？"

"只是检查一下身体，已经都看完了。"

"我以为——你在美国。"

"是的，才回来一个礼拜。鸿志回国来开会，你知道，心理医生的专门会议，讨论他的一篇论文。"她笑笑，顿住了，直视着他，"你——好吗？"

"我——"他深呼吸，"不好。"他看着她胸前的狮身人面像，再看向她的眼睛，她眼里已迅速地充满了感情，充满了关怀，充满了某种属于遗失年代里的柔情。这使他一下子就激动而烧灼起来。"我们去餐厅坐一坐，好吗？"他问，"我——请你喝杯咖啡。"她犹豫地看了一下表。

"鸿志五点半要来接我！"她说。

他也看了一下表。"还有半小时!"他急促地说,迫切地盯着她,"难道为了老朋友,还吝啬半小时?"

"你——不需要工作吗?"她看看他的白制服。

"我已经下班了。"

她不再说话,跟着他走进医院附设的餐厅。这家医院是第一流的,餐厅也装潢得非常典雅,丝毫没有医院的气氛,他们在靠窗的角落里坐了下来,点了两杯咖啡。他始终一瞬也不瞬地看着她。她啜着咖啡,在他的眼光下有些瑟缩,她那明亮的眼睛里盛满了温柔。

"我已经听倩云说了,"她开了口,"你居然没有和可慧结婚,真遗憾,你们是很好的一对。我弄不懂,她怎么还是嫁给了徐大伟?"他紧盯着她。"你不知道吗?"他问。

"知道什么?""可慧没有再写信给你?"

"她从没给我写过信!我刚去美国时,还给她写了封信,她也没回。"她微蹙起眉梢,更深更深地凝视他。"你们还是闹翻了?"她问。"盼云!"他咽了一下口水,凝视着她,终于说了出来,"当初,我们都中了她的计!她——从没有失去过记忆,从没有忘记在'杏林'中的一幕,她对我们两个演了一场戏——为了报复。"她睁大眼睛,愕然地皱眉,愕然地摇头。"不。"她说。"是的!"他深深地点头,恳挚地说,"后来,她跟我摊了牌,她说——这是两个女人的战争!"

她愣在那儿,好半天都不动也不说话,只是蹙着眉沉思,似乎在努力回忆过去的点点滴滴。他也不说话,只是静静地瞅着她,静静地燃上了一支烟。烟雾在两人间弥漫,氤氲，然后，慢慢地扩散。"哦！"她终于吐出一口气来，低下头去，她用小匙搅动着咖啡，"简直不可思议！"她看了看手表，半小时在如飞消失。他的手一下子盖在她的手上，也盖在那手表上。

"不要看表！"他激动地说。

她抬起睫毛来，惊愕，震荡，迷乱，而感动。

"你——"她低语，"这么多年了，难道还没有找到你的幸福？""你——"他反问，"你找到了吗？"

她犹豫了一下。"可能是。这些年，我过得很平淡、很平静、很平凡。三个平字加起来的幸福。"

他抬起手来，去拨弄她胸前的狮身人面像。"在你的幸福中，还没抛弃这个狮身人面？"

她轻轻地战栗了一下。"自从你给我戴上那一天起，这狮身人面像从没有离开过我的脖子，连洗澡时我都没取下来过！"

他的眼睛闪亮，灼灼逼人地盯着她。"你知道你这几句话对我的意义吗？"他屏息问。

她猝然推开杯子，站起身来。"我该走了。"她说。

"再坐五分钟！"他按住她放在桌面的手。

她又被动地坐了下去。

"我们每次都好像没有时间，"他说，咬咬嘴唇，"每次相遇、相会、相聚……都短暂得像一阵风。如果命中注定我们只有短促的一刹那，为什么要留下那么长久的痛苦和怀念？命运待我们太苛刻了。但是，盼云，你有没有想过，我们也从没有好好掌握过自己的命运。尤其你，你总把你的命运交给别人，而不交给自己！"她看着他，深深地看着他。

"不要煽动我！"她低语。

"不是煽动。"他咬咬牙，"五分钟太短暂，我没有办法利用五分钟的时间再来追求你。我只告诉你几句话，从我们认识到今天，到未来，你是别人的寡妇也好，你是别人的小婶婶也好，你是别人的妻子也好，你是别人的母亲也好……我反正等在这儿！你能狠心一走，我无法拴住你。否则，只要你回头望一望，我总等在这儿！"

"高寒！"她低唤一声，泪水迅速充满了眼眶，"你知道，我不是小女孩了，我要对别人负责任……"

"你一直在对别人负责任，除了我！"

"不要这样说！你——很独立，很坚强……"

"我不需要你负责任！"他打断她，"但是，你该对你自己负责任！不是对任何一张契约负责任，而是对你自己的感情负责任！你怎能欺骗他？"

"欺骗谁？"她昏乱地说。

"你怎能躺在一个男人身边，去想另一个男人？"他再度伸手碰触她胸前的坠子，"别说你没有！"

她抬起睫毛，眼睛睁得大大的，一瞬不瞬地看着他。她喘了一口气，终于站起身来："我走了！""定一个时间！"他命令道，"我们必须再见面！我的话还没说完！""没有时间了，高寒！"她的声音有些酸楚，"我明天早上九点的班机飞美国。"他坐在那儿不动，死瞪着她。

"认命吧，人生，有许多事，都是无可奈何的。"她勉强地说，"怪只怪，我们相遇的时间，从来没有对过！"她叹口气，很快地说："再见！"他跳起身来。"我送你出去。"她不说话，他走在她身边。他们走出了医院的大厅，到了花园里，花园的另一端是停车场。老远地，盼云已经看见楚鸿志站在车前，不耐烦地张望着。她对他挥挥手，反身对高寒再抛下了一句："再见！祝你——幸福！"

"不必祝福我！"他飞快地说，"我的幸福一直在你手里！"

她咬紧牙关，昂着头，假装没有听到。她笔直地往楚鸿志那儿走去。高寒没有再跟过来，他斜靠在一棵大树上，双手插在那白色外衣的口袋里。

她继续往前走，忽然听到身后有口哨的声音，很熟悉的曲调，多年前流行过的一支歌，歌名似乎叫《惜别》。头两句就是："为何不回头再望一眼？为何不轻轻挥你的手？你就这样离我而远去，留下一片淡淡的离愁……"她固定地直视着前面，直视着楚鸿志，脖子僵硬，背脊挺直，她知道，她绝不能回头，只要一回头，她就会完全崩溃。她从没料到，事隔多年，高寒仍然能引起她如此强烈的震撼。不应该是这样的！时间与空间早该把一切都冲淡了。再见面时，都只应当留下一片淡淡的惆怅而已。怎会还这样紧张？这样心痛？

她停在车边了。楚鸿志审视着她的脸色。

"出了什么问题？你耽误了很久，脸色也不好看。检查报告出来了吗？""是的。"她飞快地说，"一切都好，没有任何毛病。"她急急地钻进车子，匆忙而催促地说："快走吧！"

楚鸿志上了车，发动了车子。

车子绕过医院的花园，开出了大门。盼云的脖子挺得更加僵硬了。眼睛直直地瞪着车窗外面，简直目不斜视。但她仍然能感到高寒在盯着她和车子，那两道锐利的目光穿越了一切，烧灼般地刺激着她的神经。

车子滑进了台北市的车水马龙中。这辆车是倩云的。倩云嫁给了一个工程师，因为他们回国，而特地把车子借给姐夫用。倩云、可慧、高寒、"埃及人"……久远的时代！多少的变化，多少的沧桑……可慧，可慧，可慧！残忍呵，可慧！残忍呵！"你遇到什么老朋友了吗？"鸿志看了她一眼，忽然问。

她一惊，本能地瑟缩了一下。转过头去，她盯着鸿志。他那么笃定，那么自然，那么稳重。像一块石头，一块又坚固又牢靠的石头，一块禁得起打击、磨炼、冲激的石头。她奇异地看着他，奇异地研究着她和他之间的一切。爱情？友谊？了解？他们的婚姻建筑在多么奇怪的基础上。她吸了口气，莫名其妙地问出一句话来："鸿志，你不认为爱情是神话吗？"

"不认为。"他坦率地回答，"那是小孩子的玩意儿。"

"我们之间有神话吗？"她再问。

"没有。我们是两个成熟的人。"他伸手拍拍她的膝，"怎么了？盼云？"她摇摇头，望着车窗外面。数年不见，台北市处处在起高楼，建大厦。是的，孩子时代早已过去，成人的世界里没有神话。别了！狮身人面！别了！"埃及人"！别了！高寒！别了！台北市！明天，又将飞往另一个世界，然后，又是"明日隔山岳，世事两茫茫"的局面了！这就是人生。多少故事此生彼灭，最后终将幻化为一堆陈迹。这就是人生。别了！高寒！

第二天早上，盼云到飞机场的时候，眼睛还是红肿的，一夜无眠，使她看来相当憔悴。但是，在贺家老夫妇的眼里，盼云的沮丧和忧郁只不过是舍不得再一次和家人分手而已。贺家夫妇和倩云夫妻都到机场来送行了，再加上楚鸿志的一些亲友，大家簇拥着盼云和鸿志，送行的场面比数年前他们离台的时候还热闹得多。

虽然是早上，虽然机场已从台北松山搬到了桃园，飞机场永远是人潮汹涌的地方。盼云走进大厅，心神恍惚，只觉得自己从昨天下午开始，就像个行尸走肉般跟着鸿志去这儿去那儿，拜见亲友，赴宴会，整理行装……她强迫自己忙碌，以为忙碌就可以失去思想，就可以阻止自己的"心痛"感。但，她仍然失眠了一夜，仍然回忆起许多过去的点点滴滴，仍然越来越随着时间，加重了"心痛"和感伤。

大厅里都是人，有人举着面红色的大旗子，在欢送着什么要人。有班留学生包机也是同日起飞，许多年轻人和他们的亲友在挤挤攘攘，照相机的闪光灯此起彼落。有些父母在流泪，年轻人也依依不舍……人，永远在"聚"与"散"的矛盾里！检查了行李，验了机票，缴了机场税……盼云机械地跟着楚鸿志做这一切。然后，忽然间，她觉得似乎有音乐声在响着，轻轻地，像个合唱团的歌声……她甩甩头，努力想甩掉这种幻觉。但，合唱团的声音更响了，有吉他，吉他，吉他……她再甩头。完了，她准患上了"精神分裂症"，否则，就是"妄想症"。鸿志多的是这种病患。她用手揉揉额角，感到汗珠正从发根沁出来。

"嗨！姐，你听！"倩云忽然对她说，"不知道是哪个学校在欢送同学，居然在奏乐呢！"

盼云松了一口大气，那么，不是她的幻觉了。那么，是真的有音乐声了。那么，她并没有患精神分裂症了。她跟着鸿志和亲友们走上了电动梯。

电动梯升上了最后一级，蓦然间，有五个年轻人在他们面前一列队地闪开，每人都背着吉他。一声清脆的吉他声划破了嘈杂的人声，接着，一支久违了的歌，一支熟悉的歌，一支早该被遗忘的歌就响了起来。唱这支歌的，正是傲然挺立的高寒！

　　也曾数窗前的雨滴，也曾数门前的落叶，数不清，数不清是爱的轨迹：

　　聚也依依，散也依依！

　　也曾听海浪的呼吸，也曾听杜鹃的轻啼，听不清，听不清的是爱的低语：

　　魂也依依，梦也依依！

　　也曾问流水的消息，也曾问白云的去处，问不清，问不清的是爱的情绪：

　　见也依依，别也依依！

　　…………

盼云觉得不能呼吸了，觉得也不能行动了。她瞪着高寒和那些年轻人。耳边，倩云在惊呼着：

"'埃及人'合唱团！天知道，他们五个已经解散好几年了！是什么鬼力量又让他们五个聚在一起了？真是怪事！高寒，喂！高寒！"高寒垂着头，拨着弦，似乎根本没听到倩云的呼叫声。倒是高望，对倩云投过来颇有含意的一瞥。他们继续扣弦而歌，盼云在惊惧、恐慌、震动和迷乱中，听到高寒还在唱这支歌的尾奏：

> 依依又依依，依依又依依，往者已矣！来者可追！
> 别再把心中的门儿紧紧关闭，
> 且立定脚跟，回头莫迟疑！

歌声在逐渐变低和重复的"回头莫迟疑"中结束。盼云呆立在那儿，已经目眩神移，心碎魂摧。她咬着嘴唇，眼中迷蒙着泪水。那始终不知情的倩云已一把抓住了高望，大声问："高望！你们这是在做什么？"

"你问我们在做什么吗？"高望声音洪亮地回答，似乎要讲给全机场的人听，"让我告诉你，我们'埃及人'解散好多年了。因为许多年以前，大哥为了一段感情把自己给活埋了。昨晚，我才知道大哥的故事。连夜之间，我重新召集了'埃及人'，想制造出一次奇迹——把活埋的大哥给救出来！你相信奇迹吗？倩云？你知道'埃及人'是最会制造奇迹的！所以，他们能在沙漠上造金字塔！"倩云目瞪口呆，她看着高望，看着他脖子上挂着的"金字塔"，再看看他们每人脖子上坠着的埃及饰物，蓦然回头，她瞪着盼云胸前垂着的狮身人面。眼睛里在一刹那，充满了恍悟、惊奇、了解、诧异、关怀、同情……和不相信的各种复杂情绪。她握住盼云的手，发现盼云的手已经冷得像冰，她激动地喊："姐姐！"鸿志看着这一切，也伸出手去，他的胳膊又长又厚实，他一把揽住盼云的肩，简单地说了句：

"走吧！该进出境室了。"

盼云战栗了一下。出于本能，她跟着鸿志往出境室的方向走去。亲友们及贺家两老莫名其妙地看看"埃及人"，也簇拥着盼云和鸿志走向出境室。

倩云没有跟过去，她呆了。瞪视着高寒和高望兄弟，她不知道该说什么好。高寒仍然没有抬头，只是自顾自地拨着弦，自始至终，他就没看过盼云一眼。这时，他在轻声和着吉他低唱：

> 为什么不回头展颜一笑？
> 让烦恼统统溜掉？为什么不停住你的脚步，
> 让我的歌声把你留住？……

盼云和鸿志已经走到出境室门口了。盼云手里紧握着护照、机票、登机证。鸿志从她手中去取证件，她捏得好紧，死握着不放手。整个人呆呆怔怔的，像个木头人。鸿志低喊：

"盼云!"她吓了一跳,惊觉地抬起头来,睁大眼睛看着鸿志。眼泪慢慢地涌满了眼眶,沿着面颊迅速地坠落。她一声不响地放开手,让鸿志取去证件,更多的眼泪纷纷乱乱地跌下来,跌碎在衣襟上。她瞅着他,流泪的眼睛里盛满了哀恳、求恕、乞谅和痛楚。鸿志把登机证和证件放在柜台上,他苍白着脸,瞪视着盼云。柜台小姐伸手去取证件,忽然间,鸿志"啪"的一声,用手迅速地拍在桌上,按住了那些证件,他瞪着盼云,粗声说:"我看,我的冒险是已经失败了!你一直是自己的主人,你该主宰你自己的命运!我很想带你回美国,但是,我不想用我的下半辈子,去治疗一个精神恍惚的病患!去吧!"

她呆站着,仿佛没有听懂。于是,他又大声说:

"你永远是个神话里的人物,只能和相信奇迹的人在一起!我早就说过我们之间没有神话!我也不想把你活埋,懂了吗?"她张大眼睛,眼中闪过一抹光彩,接着,她整个脸庞都焕发起来,璀璨起来。他从没看过她如此美丽、如此动人、如此绽放着光华。她深深吸气,双手抓住了他的手,给了他又感激、又感动、又热烈的紧紧一握。然后,她放开他,倏然回头,对那长廊的一端奔去。

那儿,高寒像个复活的木乃伊般,突然挺直了身子,瞪视着那向自己奔过来的人影。

盼云直奔过去,穿过了长廊,越过了人群,冲过了那相信奇迹的"埃及人"合唱团。她直奔过去,大喊出一声长久以来就塞在喉咙口的一个名字：

"高寒！"

——全书完——

一九七九年十二月三日午后初稿完稿

一九七九年十二月十八日晚改写完稿

一九八〇年四月二十四日最后修正

（京权）图字：01-2025-0195

图书在版编目（CIP）数据

聚散两依依／琼瑶著．-- 北京：作家出版社，2025.1.
（琼瑶作品大全集）．-- ISBN 978 - 7 - 5212 - 3236 - 3

Ⅰ. I247.5

中国国家版本馆 CIP 数据核字第 2025B0P683 号

聚散两依依（琼瑶作品大全集）

作　　者：琼　瑶
责任编辑：李　雯
装帧设计：棱角视觉　纸方程·于文妍
责任印制：李大庆　金志宏
出版发行：作家出版社有限公司
社　　址：北京农展馆南里 10 号　　　邮　　编：100125
电话传真：86 - 10 - 65067186（发行中心）
　　　　　 86 - 10 - 65004079（总编室）
E - mail: zuojia@zuojia. net. cn
http: // www. zuojiachubanshe. com
印　　刷：三河市紫恒印装有限公司
成品尺寸：142 × 210
字　　数：112 千
印　　张：5.5
版　　次：2025 年 1 月第 1 版
印　　次：2025 年 1 月第 1 次印刷
ISBN 978 - 7 - 5212 - 3236 - 3
定　　价：2754.00 元（全 71 册）

品　琼　瑶　经　典

忆　匆　匆　那　年

琼瑶作品大全集

1963	《窗外》	1981	《燃烧吧！火鸟》
1964	《幸运草》	1982	《昨夜之灯》
1964	《六个梦》	1982	《匆匆，太匆匆》
1964	《烟雨蒙蒙》	1984	《失火的天堂》
1964	《菟丝花》	1985	《冰儿》
1964	《几度夕阳红》	1989	《我的故事》
1965	《潮声》	1990	《雪珂》
1965	《船》	1991	《望夫崖》
1966	《紫贝壳》	1992	《青青河边草》
1966	《寒烟翠》	1993	《梅花烙》
1967	《月满西楼》	1993	《鬼丈夫》
1967	《翦翦风》	1993	《水云间》
1969	《彩云飞》	1994	《新月格格》
1969	《庭院深深》	1994	《烟锁重楼》
1970	《星河》	1997	《还珠格格第一部1阴错阳差》
1971	《水灵》	1997	《还珠格格第一部2水深火热》
1971	《白狐》	1997	《还珠格格第一部3真相大白》
1972	《海鸥飞处》	1997	《苍天有泪1无语问苍天》
1973	《心有千千结》	1997	《苍天有泪2爱恨千千万》
1974	《一帘幽梦》	1997	《苍天有泪3人间有天堂》
1974	《浪花》	1999	《还珠格格第二部1风云再起》
1974	《碧云天》	1999	《还珠格格第二部2生死相许》
1975	《女朋友》	1999	《还珠格格第二部3悲喜重重》
1975	《在水一方》	1999	《还珠格格第二部4浪迹天涯》
1976	《秋歌》	1999	《还珠格格第二部5红尘作伴》
1976	《人在天涯》	2003	《还珠格格第三部天上人间1》
1976	《我是一片云》	2003	《还珠格格第三部天上人间2》
1977	《月朦胧鸟朦胧》	2003	《还珠格格第三部天上人间3》
1977	《雁儿在林梢》	2017	《雪花飘落之前——我生命中最后的一课》
1978	《一颗红豆》	2019	《握三下，我爱你——翩然起舞的岁月》
1979	《彩霞满天》	2020	《梅花英雄梦1乱世痴情》
1979	《金盏花》	2020	《梅花英雄梦2英雄有泪》
1980	《梦的衣裳》	2020	《梅花英雄梦3可歌可泣》
1980	《聚散两依依》	2020	《梅花英雄梦4飞雪之盟》
1981	《却上心头》	2020	《梅花英雄梦5生死传奇》
1981	《问斜阳》